新潮文庫

アメリカの鱒釣り

リチャード・ブローティガン
藤本和子訳

新潮社版

7750

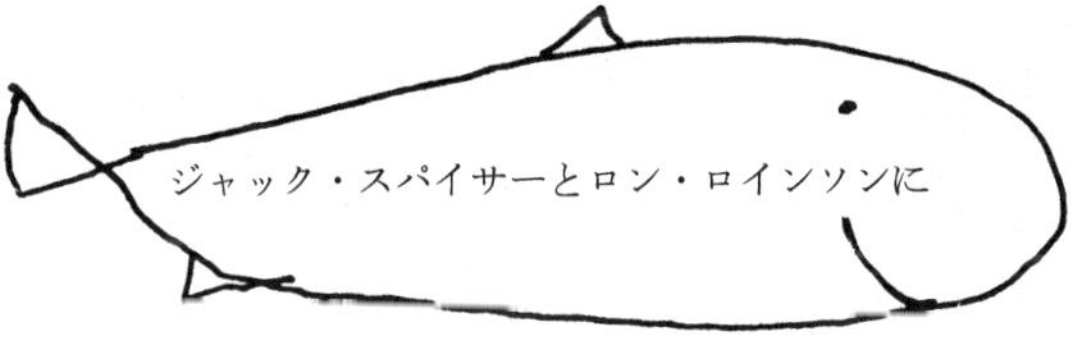
ジャック・スパイサーとロン・ロインソンに

目次

*

スミソニアン研究所に陳列されて然《しか》るべきだというような類《たぐい》の誘惑がある。「スピリット・オブ・セントルイス号」〔リンドバーグの飛行機〕と並べて置くのがふさわしいような——

アメリカの鱒《ます》釣り

『アメリカの鱒《ます》釣り』の表紙

『アメリカの鱒釣り』の表紙は、ある日の午後おそくに写された、サン・フランシスコのワシントン広場に立つベンジャミン・フランクリン像の写真である。

一七〇六年に生まれ——一七九〇年に死んだベンジャミン・フランクリンは、まるで内部に石の家具を備えた家であるかのような台座の上に立っている。片方の手に数枚の紙片、もう片方には帽子を持って。

そして、銅像は大理石語でいうのだ。

間もなく
われらのあとを継ぎ

そして
やがては死んで行く
われらが少年少女のために
H・D・コグスウェル*により
寄贈された

銅像の土台のまわりには、世界の四つの方角に向けて、四つのことばが彫りつけてある。東に向けて、**ようこそ**、西に向けて、**ようこそ**、北に向けて、**ようこそ**、南に向けて、**ようこそ**。銅像のすぐうしろには三本のポプラ。てっぺんを除いては、ほとんど葉がない。銅像はまんなかのポプラの前に立っているのだ。二月上旬、雨のせいで、銅像をとりまく芝生はどこもかしこも濡《ぬ》れている。

背景には一本の高い糸杉があるが、そっちはまるで部屋の中みたいに暗い。一九五六年には、アドレイ・スティーヴンソンが四万人の聴衆を前にこの木の下で演説した。

道をへだてて銅像のま向いに、高い教会がそびえている。そこには十字架や尖塔《せんとう》や鐘や『トムとジェリー』に出てくる鼠穴《ねずみあな》のような巨大な扉がある。扉の上方には、〈天地《あめつち》にあまねく〉と記してある。

『アメリカの鱒釣り』の表紙に午後五時が訪れるころ、教会の向い側の公園に人が集まってくる。かれらは腹をすかしているのだ。

貧者のためのサンドイッチ・タイム。

しかし、合図があるまで、道を渡ることは許されない。合図があると、誰もが教会めがけて走りだし、道を横切って、新聞紙にくるまれたサンドイッチを受けとる。そして公園に戻ってくると、新聞紙をひろげて、サンドイッチの内容を調べる。

ある午後のこと、わたしの友人が包みをひろげて中を見ると、菠薐草《ほうれんそう》の葉がたった一枚。それだけだった。

ベンジャミン・フランクリンの自伝を読んで、アメリカについて学んだのはカフカだったかな……

「アメリカ人は健康で楽観的だ。だからわたしはかれらが好きだ」といったカフカ。

木を叩《たた》いて* その1

子どものころ、アメリカの鱒《ます》釣りについてはじめて知った。あれはいつ、誰に聞いたのだったろう。義理の父親からではなかったか。

一九四二年の夏。

そうだ。あの酔いどれが鱒釣りのことを話してくれたのだ。かれは口がきける状態のときは、さながら知性を備えた貴金属の話でもするような調子で、鱒のことを語るのだった。

かれから鱒釣りの話を聞いて、わたしが抱いた感じからいうと、〈銀のような〉というのは適切な形容ではない。

もっとうまい言葉はないのか。

鱒の鉄はどうだろう。鱒からとれる鋼鉄《はがね》。たっぷりの雪を抱いた透明な川が精錬所だ。熱だ。

ピッツバーグのことを想像してみたまえ。

鱒からとれる鋼鉄で、建物や汽車やトンネルをつくる。

鱒王アンドリュー・カーネギー！

〈アメリカの鱒釣り〉からの返事
わたしは夜明けに釣りをする三角帽*の男たちを、格別の感興をもって思いおこすのだよ。

木を叩《たた》いて　その2

春の日の午後だった。まだ子どもだったわたしは、ポートランドという奇妙な町で、それまでに行ったことのないある街角まで歩いて行った。わたしはそこに、岩の上の海豹《あざらし》のようにひとところにかたまって、押しあいへしあいしている家並を見いだした。目を移すと、今度は、長い裾野《すその》が山から傾斜して下降線を描いているのが見えた。野原は緑草と灌木《かんぼく》におおわれていた。山の頂には黒々と高い木立。遥《はる》か遠くに、山から流れ落ちる滝が見えた。それは長く白く、わたしはひやりとした水しぶきさえ感じた。あそこにはクリークがある、鱒《ます》もいるかも知れないぞ、とわたしは思った。鱒。

ついに鱒釣りのチャンスだ。人生第一匹目の鱒を釣り上げるのだ。ピッツバーグをこの目で見るのだ。

だんだん暗くなってきた。クリークまで行ってたしかめる時間はない。はげしく落ちかかる夜の瀑布《ばくふ》を反射して、家々のガラス窓は髭《ひげ》がはえたみたいに見える。わたしは髭の前を通りすぎて、歩いて帰った。

明日、はじめての鱒釣りに行く。早起きして朝食をとったら、すぐでかけよう。鱒釣りには早朝がいいらしい。そのほうがいい鱒がとれる。朝には、鱒のからだになにか特別のものがあるのだという。家に戻ると、わたしはアメリカの鱒釣りの準備にとりかかった。釣道具は持っていなかったから、ぱっとしない代用品にたよるほかない。

ぱっとしない笑い話みたいに。

〈鶏はなぜ道を横断したんですか？〉

わたしはピンを曲げて白い糸に結わえつけた。

それから眠った。

翌朝、早く起きだして朝食をとった。餌《えさ》にするために、真白い一片《ひときれ》のパンも持った。パンのまんなかをとって玉にして、わたしのコッケイな釣針にくっつけるつもりだった。

家をでて、例の街角までやってきた。野原も、滝になって山から流れ落ちるクリークも、なんと美しかったことか。

ところが、近づいてみると、何かおかしい。クリークの様子がおかしい。すごくおかしい。動きが奇妙なのだ。やがてもっと近くまで行って、その理由がわかった。滝は木立の中の家に通じる白い階段だった。

わたしは呆然《ぼうぜん》と、階段を上から下へ、下から上へと目で追いながら、長いことそこに立ちつくしていた。

しばらくして、このクリークを手で叩いてみたら、木の音がした。わたしはわたしの鱒になって、自分であの一片のパンを食べてしまった。

〈アメリカの鱒釣り〉からの返事

いくらわたしだって、あの場合はどうにもならなかったよ。階段をクリークに変えることなんかできやしない。少年はやってきたところへ戻って行った。そういえば、わたしにもいちど同じようなことがあった。ヴァーモントでお婆《ばあ》さんを鱒のいる小川と見まちがえ、謝罪するはめになったのだ。

「いやあ、失敬」とわたしはいった。「あなたを鱒の川と思ってしまって」

「人違いだよ」と、そのお婆さんはいったさ。

赤い唇

それから十七年が過ぎて、わたしはとある岩に腰かけていた。今は廃屋になった掘立小屋のそばの木の下だった。保安官の布告が葬式の花輪のように、正面の扉に釘《くぎ》づけされている。

立入禁止
これは俳句の十七分の七

十七年を通過して、いくつもの川が流れた。いく千匹もの鱒《ます》が。そしていま、高速道路と保安官の布告のそばを、さらにもうひとつ、クラマス川が流れてゆく。わたしは宿泊地スチールヘッドへの三十五マイルを、なんとかして下って行こうとしているのだった。

単純なことさ。わたしが釣道具を担《かつ》いでいるのを見ても、誰ひとり車を停めて、拾い上げてくれようとしなかったのだ。釣人なら、いつもはそうしてくれるものなのに。同乗させてくれそうな車を待って、三時間たった。

太陽は巨大な五十セント銀貨のようだ。だれかがそいつにガソリンをぶっかけ、マッチを擦って、「ほれ、新聞買ってくるあいだ持ってなよ」といって、それをわたしの手にのせて行ってしまったまま、とうとう戻ってこなかったといった按配《あんばい》だった。

その木の下に腰をおろすまで、わたしはもう何マイルも歩いていた。十分おきぐらいに車が通ったので、そのたびにわたしは立ち上がり、バナナの房のように親指をつき立てたのだが、そのあとはきまってまた岩に腰をおろすことになった。

古い掘立小屋には、長年にわたって雨や風にさらされ、赤っぽく変色したブリキ屋根がついていた。ギロチンの下でかぶせられる帽子のようだ。屋根の一隅がはずれていて、川に熱い風が吹くと、激しく鳴った。

車が一台通りすぎた。老夫婦。道路をそれて、あやうく川に落ちそうになった。あの辺ではヒッチハイカーはめずらしいのだろう。角を曲がるとき、二人してわたしのほうを振り返っていたな。

ほかにすることもないので、わたしはたも網で蠅《はえ》を捕えた。方法は以下のごとし。けっして蠅を追ってはならない。かれらがわたしのほうに飛んでくるのを待つ。気を紛らすためさ。そうやって六四捕えた。

掘立小屋からちょっとのぼったところに屋外便所があった。扉がもぎとられそうな格好で開いていた。便所の内部が人間の顔のように露《あら》わになっていた。便所はこういってるようだった――「おれを建ててくれたやつはここで九千七百四十五回糞《くそ》をしたが、もう死んでしまった。おれとしては、いまはもうだれにも使ってほしくないよ。いいやつだったぜ。ずいぶんと気を使って、おれを建ててくれたんだ。おれはいまは亡《な》きおケツの記念碑さ。この便所には匿《かく》さなくちゃならんような秘密などないよ。だからこそ扉があいてるんじゃないか。糞をしたけりゃ、鹿《しか》みたいに、そこいらの茂みでやってくれよな」

「くたばりやがれ」と、わたしは便所にいってやった。「おれは川下まで車に乗せてってもらいたいだけなんだぜ」

クールエイド中毒者《ワイノ》*

子どものころ、脱腸のせいでクールエイド中毒になった友だちがいた。かれは貧しいドイツ系の、子沢山の家庭に育った。夏のあいだ、年かさの子どもたちは畑に出て、一ポンドにつき二セント半の賃金で隠元豆をつんだ。脱腸で働けないわたしの友だちを除いて、だれもが働いた。手術する金はなかった。脱腸帯を買う金さえなかった。だから、かれは家にいてクールエイド中毒になった。

八月のある朝、わたしはかれを訪ねた。かれはまだベッドの中だった。ぼろぼろの毛布の下からわたしを見上げた。上掛のシーツをちゃんと使って寝たことなんかないのだった。

「約束の五セント持ってきたかい」とかれはきいた。

「うん」とわたし。「ポケットに入ってる」

「よし」

かれはベッドからとび出した。もう服をちゃんと着こんでいる。寝るときに服を脱いだりはしないと、かれはわたしにいったことがある。

「なんでわざわざ脱ぐんだよお。どっちみち、また起きるんじゃないか。だったら準備しとくことさ、無駄をはぶくんだよ」

かれは幼いきょうだいたちを蹴《け》ちらして台所へ行った。赤ん坊たちの濡《ぬ》れたおしめは、それぞれめちゃめちゃに乱れていた。かれは朝食をととのえた。自家製のパン一《ひと》片《きれ》に、キャロ・シロップ〔とうもろこしを原料とする安いシロップ〕とピーナッツバターを塗ったものだ。

「行こう」とかれはいった。

家を出るときもまだ、かれはサンドイッチをほおばっていた。めざす店は、うっそうと生い茂る黄色の草におおわれた野原をへだてて、三ブロックばかり行ったところにある。野原には雉子《きじ》がたくさんいた。夏太りしているやつらは、わたしたちが近よっても飛ぼうともしない。

「やあ」と食品店の主人。赤痣《あかあざ》の禿《はげ》だ。やつの赤痣はさしずめ、頭の上に駐車している古自動車といったところ。葡萄《ぶどう》の味がするクールエイドに機械的に手をのばして、それをカウンターのうえにおく。

「五セント」

「こいつがもってる」とわたしの友だち。

わたしはポケットに手をつっこんで、五セント玉を主人に渡す。かれがうなずくと、オンボロ赤自動車は、ドライバーが癲癇《てんかん》の発作を起したみたいに、路上でぶるぶると震えた。

店を出た。

野原を、かれがさきにたって歩く。飛ぼうともしない一羽の雉子が、目の前を翼の生えた豚のように走って行った。

かれの家に戻ると儀式の始まりだ。かれにとって、クールエイドの準備はロマンスであり儀式だった。慣例にしたがい威厳をもってとり行われるべきものだった。

まず、一ガロン瓶を手にいれる。それから、家の外をぐるりとまわって、どろどろのぬかるみにかこまれて、地表から聖者の指のようにつき出ている水道栓のところまで行く。

かれはクールエイドの袋を破ってガラス瓶に中身を入れる。それを水道の蛇口の下に持っていって栓をひねる。水が蛇口から吐き出され、はねをあげて、暴れる。

かれは瓶から水が溢《あふ》れ出て、貴重なクールエイドが地面にこぼれないように注意する。瓶がいっぱいになると、想像力の錯乱した部分を切りとる高名な脳外科医さながら、とっさに、しかしデリケートに動いて水をとめる。瓶の栓をしっかりねじって、じゅうぶんに振る。

儀式の第一部、おわり。

異郷の祭儀の、神がかりの祭司さながら、かれは儀式第一部をとどこおりなくすませたのだ。

かれの母親が家をぐるりとまわってやってきて、砂と隠元豆のへたがいっぱいつまった声でいう。「いつ皿を洗うんだよ、えっ?」

「すぐやるってばさ」

「とっとと、やっとくれ」

母親が行ってしまうと、かの女がたったいまここにいたことなどまるで嘘《うそ》のようだ。家の裏手にある、昔鶏小屋だった所へ、瓶をそっとはこんで行くところから、儀式の第二部がはじまる。「皿洗いなんかいつでもできる」とかれがいう。バートランド・ラッセルだってこんなにうまいいいかたはできまい。

鶏小屋の扉をあけて、わたしたちは中に入った。なかば腐った漫画本が散らばっている。樹《き》の下で落ちたままになっているくだものみたいだ。片隅に古ぼけたマットレスがあって、このマットレスのそばに一クォート瓶が四本。かれは例の一ガロン瓶をその四本の瓶のところまで持って行くと、一滴もこぼさずに中身を移す。栓をかたくしめて、これでやっとその日の呑《の》み分の準備が終った。

クールエイド一袋で二クォート分をつくるのが普通だが、かれはいつもその二倍、一ガロンの水を使った。だから、かれのクールエイドときたら、いわば理想的な濃度の影にすぎなかった。それに本来は砂糖を加えるべきなのに、そうしたことはない。入れるべき砂糖がなかったから。

かれがつくるクールエイド世界《リアリティ》はかれひとりのものだった。それは黙示の世界だった。

胡桃《くるみ》ケチャップのいっぷう変ったつくりかた

さて、これは〈アメリカの鱒《ます》釣り〉のためのほんのちょっとした料理の手引き。*〈アメリカの鱒釣り〉が裕福な美食家で、〈アメリカの鱒釣り〉のガールフレンドがマリア・カラスで、この二人がきれいな蠟燭《ろうそく》を立てた大理石の食卓で食事をするなら、こんな料理こそふさわしい。

りんごの砂糖煮

黄金色《こがねいろ》のピピンりんごを十二個、見目よくむいて、水にこれを入れ、よく煮る。次にその煮汁少量とり砂糖加え、煮たりんご二、三個をスライスして入れ、シロップ状になるまで煮つめる。それをピピンりんごにかける。乾燥さくらんぼと細く刻んだレモンの皮で飾りつけると、できあがり。りんごが崩れぬよう充分注意されたし。

マリア・カラスは一緒にりんごを食べながら、〈アメリカの鱒釣り〉のために歌う。

すばらしきパイの皮

一ペック（約九リットル）の小麦粉。一ガロンの水で煮たてた一ポンドのバター。このバターを掬《すく》い上げて小麦粉に加える。できるだけ水分を入れぬように注意。ペースト状になるまで充分に捏《こ》ねかえしてから、ちぎって冷ます。最後に好みの形につくるべし。

パイの皮を一緒に食べながら、〈アメリカの鱒釣り〉はマリア・カラスに微笑《ほほえ》みかける。

匙《さじ》一ぱいのプディング

匙一ぱいの小麦粉、匙一ぱいのクリームもしくはミルク、鶏卵一個、ナツメグ少々、生姜《しょうが》、塩。これらを混ぜあわせ、三十分間、小型の木皿の中で煮立てる。好みにより、乾葡萄《ほしぶどう》を少々加えてもよろしい。

そして、〈アメリカの鱒釣り〉はいう。「月がでましたよ」すると、マリア・カラスが答えて、「そうね」。

いっぷう変った胡桃ケチャップ

殻ができる以前の、まだ緑色した胡桃を用意。ひきうすで挽《ひ》くか、大理石の乳鉢に入れて叩《たた》きつぶす。次に粗い布を用いて汁を絞りだし、この汁一ガロンにつきアンチョヴィー一ポンドと同量の粗塩、四オンスのジャマイカ胡椒《こしょう》、ロング・ペパー二オンス、黒胡椒の実二オンス、にくずく、丁香、生姜、それぞれ一オンスずつと、わさび一本を加える。これらを混合し、全体の量が半分に減じるまで煮つめる。その後、鉢に移し、冷めたら瓶にしっかりつめる。三か月ほどで使用可能となるだろう。

そして〈アメリカの鱒釣り〉とマリア・カラスはハンバーグにこの胡桃ケチャップをかけるのだ。

グライダー・クリーク　プロローグ

インディアナ州ムアズヴィルはジョン・ディリンジャー（一九〇二－三四。銀行強盗・殺人犯）の出身地で、ジョン・ディリンジャー博物館がある。一般公開されている。

たとえば〈アメリカの桃の都〉とか、あるいは〈さくらんぼの都〉〈牡蠣《かき》の都〉として知られている町があるが、そういうところではいつでも祭が催され、きれいな水着の娘の写真があったりする。

インディアナ州ムアズヴィルは〈ジョン・ディリンジャーの都〉である。

ある男がつい最近、女房とムアズヴィルに引越したところ、地下室に何百匹という鼠《ねずみ》が見つかった。巨大でのろまな、子どもみたいな目をした鼠たちだ。

女房が親戚《しんせき》へでかけて数日留守にしたとき、男は三八口径の連発式ピストルと大量の弾丸を買い込んだ。それから鼠のいる地下室へ降りて行って、鼠を撃ち始めた。鼠たちはまったく動じない。まるで映画でも見物しているような態度で、ポプコーンのかわりに死んだ仲間を食べ始めた。

男は仲間を食うのに余念のない一匹の鼠に近づき、その頭にピストルをつきつけた。鼠は身じろぎもせず、ひたすら食いつづける。撃鉄がカチリと上げられると、鼠は噛《か》むのをちょっとやめて、ちらっと横目で見た。まずピストルを、それから男を。「おいらのかあちゃん若いときにゃ、ディアナ・ダービンみたいに歌ったんよ」とでもいっているような、なんかこう親しみをこめた目つきだった。

男は引金をひいた。

やつにはユーモアのセンスなんてないんだから。

ムアズヴィルのグレイト館じゃ、いつも一本立てや二本立て、それに永遠の見世物をやっている。インディアナ州ムアズヴィル、ジョン・ディリンジャーの都では——。

グライダー・クリーク

いい釣場があって、ほかの大きなクリークが、マーブル山からとけてくる雪でどろどろに濁っているときでさえ、そこの水だけは澄んでいるときいていた。

それに山の奥深く、ビーバーがつくるダムのあたりには、川鱒《かわます》もいるという話だった。

スクールバスを運転していた男が、どこにいい釣場があるか、地図を画《か》いてくれた。かれが地図を画いているあいだ、わたしたちはスチールヘッド・ロッジの前に立っていた。暑い日だった。華氏百度くらいだったと思う。

いい釣場のあるグライダー・クリークへ行くには車がないと無理である。わたしは車をもっていなかった。でも、この地図はいい感じだった。紙袋に先が丸くなった太い鉛筆で画いてあった。製材所を示すのに、小さな□が画いてあった。

〈アメリカの鱒《ます》釣り〉のためのバレエ

コブラ百合《リリー》が昆虫を罠《わな》にかけるやりかたは〈アメリカの鱒釣り〉のためのバレエだ。カリフォルニア州立大学ロス・アンジェルス分校で演じられるべきバレエなのだ。

ここ、裏手のポーチ、わたしのそばに、くだんの植物あり。ウールワース（廉価雑貨のチェーン店）で買って二、三日もしたら、枯れてしまった。それももう何か月も前のことになる。一九六〇年の大統領選挙のころのこと。

空になったメトリカルの缶に、その植物を埋葬してやった。

缶の横腹には「体重コントロール用メトリカル規定食」と書いてあって、その下に「原料　固形脱脂牛乳　大豆粉　固形全乳　蔗糖《しょとう》　澱粉《でんぷん》　コーン油　ココナッツ油　イースト　人工バニラ」とあるが、その缶もいまでは、褐色に乾いてそばかすだらけのコブラ・リリーの墓場になり下った。

　葬式の花輪は、この植物につきささった白とブルーのバッジで、こう書いてある。

「あたしはニクソン支持よ」

　コブラ・リリーに関する以下のごとき説明を読むと、バレエを創作するエネルギーが湧《わ》いてくるのだ。この説明はまた、地獄の表玄関の靴ふきマットにも、氷のように冷たい木管楽器を吹きならす死体置場の楽隊を指揮するためにも使える。陽のあたらぬ松林を行く原子力郵便配達夫であるためにも使える。

「自然はコブラ・リリーに食物を捕獲する手段を与えた。二股《ふたまた》に分れた舌は蜜《みつ》の分泌《ぶんぴつ》腺《せん》でおおわれていて、それが昆虫をおびきよせる。ひとたびその頸部《けいぶ》にいたると、毛が下降状に生えているので、昆虫は這《は》い出すことができない。なお、消化液は根元にある。

　コブラ・リリーに毎日ハンバーグのひとかけ、一匹の昆虫などを与えなければならぬという考えは、間違いである」

　踊り子たちがうまく踊ってくれるといいな。〈アメリカの鱒釣り〉のために、ロス・アンジェルスで踊るかれらは、その脚でわたしたちの想像力を支えているのだから。

アル中たちのウォルデン池＊

秋は肉食植物のローラーコースターのように、ポルトワインと、その暗色の甘いワインを呑《の》む人々を連れて行ってしまった。いまはもういない人たち。残っているのはわたしだけ。

警官を怖《おそ》れて、いつもわたしたちは一番安全な場所で呑んだ。教会の向いの公園だ。公園の中央には三本のポプラが立っていて、その前にベンジャミン・フランクリンの銅像があった。わたしたちはそこにすわって、ポルトを呑んだ。

家では女房が妊娠していた。

仕事が終ると電話して、わたしはいった。

「まだ帰らないよ、友だちと一パイやるからね」

わたしたち三人は公園でからだを寄せあって話す。かれらは二人ともニュー・オーリンズからやってきた失意の画家だった。ニュー・オーリンズでは海賊小路《パイレッツ・アリー》で観光客の似顔絵画《か》きをやっていた。

いま、サン・フランシスコで冷たい秋風に吹かれて、二人はかれらの将来には二つの道があるきりだと考えていた。蚤《のみ》のサーカスを始めるか、それとも精神病院へ行くか。

ワインを呑んで、二人はそのことを話していた。

どうやって蚤の背中に衣装《いしょう》の色紙を糊《のり》づけしてやるか。

蚤は食物をコントロールすることによって訓練すればいいのさ。定刻に、蚤に飼主の血を吸わせてやるんだよ。

二人は蚤の小型手押車や玉突台や自転車を作る話もしていた。

蚤のサーカスには五十セントの入場料を取ろう。たしかに、この商売には将来性があるぞ。うまくゆけばエド・サリバン・ショウにだって出られるよ。

もちろん、まだ蚤はいない。でも、それなら、白猫さえいればいくらでも手に入る。シャム猫についた蚤は、何の変哲もない野良《のら》猫についた蚤より利巧だろうな。そりゃそうだ。聡明《そうめい》な血を吸ったら聡明な蚤になるからな。

種がつきるまで話して、それからまた五分の一ガロン入りのポルトを買ってきて、三本の木とベンジャミン・フランクリンの所に戻る。

いまや日没も近い。永久不変の法則に従い、地面が冷えてきた。オフィスガールたちがペンギンのように、モントゴメリー通り*から帰って来る。かの女らはすばやくわたしたちに目をくれてこう思う——アル中の連中だわ。

さて、二人の画家たちは、こんどは冬のあいだ精神病院に行くことを話していた。精神病院なら暖かいことだろうねえ。テレビもあるし、柔らかなベッドに清潔なシーツ。マッシュポテトには肉汁がかかってるしな、一週に一度は女の患者とダンスしてさ。洗濯した服、鍵《かぎ》のかかった棚にしまってある剃刀《かみそり》、愛らしい看護学生たち。

そうだとも。精神病院にはまさしく将来性があった。そこで過ごすひと冬が丸損になるなんて、とても考えられないことだった。

トム・マーティン・クリーク

ある朝、わたしはスチールヘッドから、水かさがふえて濁ったクラマス川に沿って歩いて行った。この川には恐竜ほどの知性しかない。トム・マーティン・クリークは小さくて、冷たく澄んでいた。峡谷からほとばしり流れ出ると、高速道路の下の暗渠《あんきょ》をくぐってクラマス川に注いでいる。

クリークが暗渠から流れ出しているそのすぐ下の小さな瀞《とろ》に蚊鉤《かばり》で釣糸をたれてみたら、九インチの鱒《ます》がかかった。形のいい魚で、瀞の水面をところせましと暴れまわった。

クリークは小さくて、つたうるしの多い藪《やぶ》だらけの、勾配《こうばい》の急な峡谷から流れ出していたのだが、わたしはこのクリークの感じと水の動きが気に入って、流れに沿って少しのぼってみることにした。

それに名前もいいじゃないか。

トム・マーティン・クリーク。

人の名に因《ちな》んでクリークに命名するのはいいことだ。そういう川の流れに沿って行ってみるのは楽しいじゃないか。特徴は？ クリークは何を知っているか？ いかなる自己形成を行ったか？ そういうことを調べるのだ。

しかし、あれは糞《くそ》いまいましいやつだった。終始一貫、藪やつたうるしとの悪戦苦闘だった。しかも、釣場なんかほとんどない。ところどころ峡谷が狭くなりすぎていて、水がまるで水道栓から出るみたいに、どっと溢《あふ》れほとばしる。話にも何にもならないひどい有様で、いったいどちら側へ跳べば良いのかさえ判断もつかず、呆然《ぼうぜん》と立ちつくしてしまったこともある。

あのクリークで釣りができるのは、鉛管工だけじゃないのか。

暗渠のところで最初の鱒を釣ったあと、あのあたりにいたのはわたし独りだった。

それも、あとになって初めてわかったことだった。

墓場の鱒《ます》釣り

二つの墓地は隣りあって、それぞれ小高い丘の上にあった。二つの墓地のあいだを、墓場クリークが流れていた。いい鱒がたくさんいて、夏の日の葬送行列のようにゆるやかに流れていいた。

死者たちはわたしがそこで釣りすることをべつに厭《いや》がる風でもなかった。

いっぽうの墓地には、一本の高い樅《もみ》の木が立ち、芝生はクリークから汲《く》み上げられる水で、一年中さえざえと緑色だった。すばらしい大理石の墓標や彫像や墓石もあった。

もういっぽうの墓地は貧乏人たちのもので、樹木もないし、芝生は夏になるとパンクしたタイヤのような茶色になって、秋もおそく、ようやく修理工のように雨期が訪れるまで、そのままの色をしていた。
貧しい死者たちのためには、洒落《しやれ》た墓碑などありはしない。墓標はぱさぱさに乾いた古パンのみみたいな、貧相な板切れだ。

やさしくも間抜けであったおとっつぁん——
働きすぎて死んでしまったおっかさん——
枯れ萎《しお》れた花がいけられた果物の瓶やブリキの缶などが供えてある墓もある。

ジョン・タルボット
の
思い出のために——

一九三六年　霜月朔日《ついたち》
一パイ呑《の》み屋で
尻《しり》撃ち落された
享年《きょうねん》十八歳
枯れ萎《な》えた花を挿した
このマヨネーズの空瓶は
今は
瘋癲《ふうてん》病院に暮らす
妹が
六か月前に供えたものだ。

いつかは、鉄道の駅の隣で熱い鉄板の上に卵を割り落す眠たげな即席料理のコックのような手つきで、めぐりくる季節がこれらの木の上の名前を消してしまう。いっぽう、富める者たちの名は、大理石のオードブルに空までとどく洒落た小径《こみち》を跑足《だくあし》で行く馬たちの姿のような書体で刻まれて、いつまでも残るのだ。

墓場クリークで、わたしは夕暮に釣った。ちょうど孵化期《ふかき》で、いい鱒がかかった。

死者の貧しさだけがわたしの心を乱した。

ある日のこと、すっかり陽も落ちて、わたしは家に帰るまえに鱒を洗っていた。そのとき、ふと、こんなことを思った——貧乏人の墓場へいって芝を刈り、果物の瓶、ブリキの空缶、墓標、萎れた花、虫、雑草、土くれをとりあつめて持って帰ろう。それから万力に釣針を固定して、墓地から持ち帰ったものを残らず結わえつけて毛鉤《けばり》をつくる。それができたら外へ出て、その毛鉤を空に投げあげるのだ。すると毛鉤は雲の上をただよい、それからきっと黄昏《たそがれ》の星の中へ流れさっていくことだろう。

Sea, Sea Rider*

本屋の主人は、奇怪な人物ではなかった。けっして、山腹のタンポポ畑に住む三本足の鴉《からす》ではなかった。

いうまでもなく、かれはユダヤ人で、かつては商船乗りだった。北大西洋で水雷にやられ、死のほうがついにかれを諦《あきら》めるまで、幾日も漂流したこともあった。若い妻があり、心臓発作を一回やっていて、フォルクス・ワーゲンとマリン郡に家を持っていた。ジョージ・オーウェル、リチャード・オルディントン、それにエドモンド・ウィルソンの作品を好んでいた。

かれは人生について、十六歳のときに、まずドストエフスキーから、それからニュー・オーリンズの娼婦《しょうふ》たちから学んだ。

本屋は古い墓場たちの駐車場だった。何千という墓場が自動車のように列をなして並んでいる。たいがいの本はすでに絶版になっていた。もう誰も読もうともしないもの、あるいは昔の読者はすでにこの世を去ってしまったか、それらの本のことなどすっかり忘れてしまったというようなものばかりだった。けれども、ここでは、古い書物は音楽の持つ有機作用を与えられて、ふたたび処女になるのだった。大昔の版権をまるでまっさらの処女膜のようにつけている。

あの忌《いま》わしい一九五九年。午後、仕事を終えると、わたしはその本屋へよく行ったものだ。

店の裏手に台所があって、店の主人は銅鍋《あかなべ》で濃いトルコ・コーヒーを沸した。わたしはコーヒーを飲み、古い本を読んで、その年が終るのを待っていた。台所の上に小部屋があった。

小部屋は店を見おろす按配《あんばい》になっていて、前に中国風の屏風《びょうぶ》が置いてあった。部屋のなかには長椅子《ながいす》と中国伝来の品々が入った硝子《ガラス》棚と卓子と三脚の椅子があった。時計の隠しのようにちっぽけな便所が部屋にへばりついていた。

ある日の午後、わたしはこの本屋でスツールにすわって、聖杯をかたどった本を読んでいた。その本のページはジンのように透明で、第一ページには、こうあった。

ビリー
ザ・キッド
ニューヨーク
シティで
一八五九年
十一月二十三日に
生まれた

店の主人がやってきて、わたしの肩に腕をまわしていった。「女と寝たいかい?」とても優しい声だった。

「いや」とわたしはいった。

「おまえ、それはちがう」とかれはいった。そのまま店の外に出て行くと、見ず知らずの男と女の二人連れを呼びとめて、ほんのしばらく話していた。かれが何をいっていたのか、わたしには聞こえない。店の中にいるわたしを指さしたりしている。女がうなずくと、男もうなずいた。

三人で店の中へ入ってきた。

わたしは狼狽《ろうばい》した。かれらがたったひとつしかない入口から入ってきたので、わたしは店を出ることもできず、仕方なしに二階へ行って便所に入ることにした。唐突に立ち上ると、わたしは店の裏手から二階の便所へ行った。すると、三人はあとからついてきた。

階段を上ってくる足音が聞こえたのだ。

便所の中で、わたしは長いこと待った。三人も別室で長いこと待った。かれらは一言も喋《しゃべ》らない。わたしが便所から出て行くと、女が裸で長椅子に横たわっていた。男は膝《ひざ》の上に帽子を置いて、椅子に腰かけていた。

「その人のことは気にしないでいいのよ」と女がいった。「こういうこと、その人にはどうってことないの。金持ちなの。ロールス・ロイス三千八百五十九台持ってるくらい」女はとても綺麗《きれい》で、からだを見ると、骨の岩やかくれた神経の上を流れる皮膚と筋肉が山中の透明な川を思わせた。

「ここへきて」と女がいった。

「あたしのなかへ——。あたしたちは水瓶座《みずがめざ》だし、あたしはあんたが好きだもの」

わたしは椅子に腰かけている男のほうを見た。笑ってもいなかったが、悲しげな表情でもない。

わたしは靴と服をぜんぶ脱いだ。男は一言もいわない。

女のからだがごくかすかに左右に揺れていた。わたしのからだは数珠《じゅず》つなぎになって世界に張り渡された電線にとまっている小鳥たちで、雲が電線をそっと揺するので、どうにもならない。

こうして、わたしは女と寝た。

まるで永遠の五十九秒目みたいだった。ついに一分になると、なんだか気恥ずかしくなるような——。

「よかった」と女はいって、わたしの顔にくちづけした。男は口もきかず身動きもしない。部屋の内部に向けていかなる感情の表現も送りこむことなく、ただそこに坐《すわ》っていた。金持ちに違いない。三千八百五十九台のロールス・ロイスを持っているというのも本当だろう。

しばらくして女が服を着ると、女と男は行ってしまった。二人は階段をおりて行った。出て行きがけに、男が初めて女に口をきくのが聞こえた。

「アーニーの店で夕食したいかい」

「さあ、どうかしら」と女。「夕食のこと考えるには、ちょっとまだ早いんじゃないの」

それから扉の閉まる音がして、二人はもういなかった。わたしは服を着て下へおりた。わたしのからだの肉は柔らかに、生産性管理に使われるバックグラウンド・ミュージックの実験台になったあとみたいになごんでいた。

店の主人はカウンターのうしろの机の所にいた。「階上《うえ》でなにがおこったか話してやろうな」と、山腹のタンポポ畑に住む三本足の鴉のような声ではなく、とても気持のいい声でいった。

「えっ？」とわたしは聞き返した。

「おまえはスペイン戦争で闘ったんだよ。オハイオ州クリーヴランド出身の若いコミュニストでさ。あの女は画家だった。ニューヨーク出身のユダヤ人で、ギリシャ彫刻によって演じられるニュー・オーリンズのマルディ・グラでも見るように、スペイン市民戦争を見物してたんだ。

おまえがはじめて会ったとき、女は死んだアナーキストの姿を画《か》いていた。かの女はおまえに、そのアナーキストのそばに立っておまえがかれを殺したという振りをしてみてくれといった。おまえは女に平手うちを食わせると、わたしの口からはとてもいえないような言葉で罵《ののし》ったよ。

二人は深く愛しあっていた。

おまえが前線にいたある時、かの女は『憂鬱《ゆううつ》の解剖』*を読むと、一個のレモンで三百四十九枚ものデッサンを画いた。

二人の愛は、精神的なものだったな。二人ともベッドでは大して堂々としてなかったよ。

バルセロナが陥落した。おまえと女はイギリスへ飛んで、そこからニューヨークへ向う船に乗った。だが愛はスペインにとどまった。あれはただ、戦争の恋だったんだ。戦いのスペインで恋をして、じぶんたちだけを愛したのさ。大西洋にでると、相手に対する態度が変って、日増しに離れ離れになってしまった。

大西洋の波の一つ一つは、水平線から水平線へと流木の砲兵隊を引き摺《ず》って行く死んだ鷗《かもめ》のようだったよ。

船がアメリカに着くと、おまえは何もいわずに発《た》ってしまう。それからというもの、二人は一度も会っていない。最後におまえのことを耳にしたのは、おまえがまだフィラデルフィアに住んでいた頃のことさ」

「階上《うえ》でそういうことがおこったっていうんだね」とわたしは訊《き》いた。

「そういうこともおこったんだ」とかれはいった。「それで全部というわけじゃない」

かれはパイプをとり出し、煙草《たばこ》をつめて火をつけた。

「階上《うえ》でほかにどんなことがあったか、もっと話してほしいかい」とかれは訊いた。

「ああ」

「おまえは国境を越えてメキシコへ行った」とかれはいった。「馬に乗って小さな町へ向ったのさ。その土地の人々はおまえが何者かを知っていたので怖《おそ》れていた。おまえが抱えていたその銃で多くの男たちを殺してきたことを知ってたんだ。町はすごく小さくて牧師さえいなかった。

土地の人々はおまえの姿を見ると、町を去った。連中もなかなかタフだったが、おまえとは関りを持ちたくなかったからさ。みんな立ち去った。

おまえはその町で、最高の権力者になった。

おまえは十三歳の少女に誘惑されて、おまえとその娘は日乾《ひぼし》レンガの小屋に住んだのだが、おまえがしたことといったら、実際、性行為だけだったよ。

娘はすらりとして、長い黒髪だったな。おまえは立ったり坐ったり、豚や鶏のいる土間に寝たりして、性の営みをしたのさ。壁も床も小屋の天井さえも、おまえの精液と女の分泌物《ぶんぴつぶつ》ですっかりおおわれてしまった。

夜になると土間に寝たが、おまえは自分の精液を枕《まくら》に、女の分泌物を毛布にして眠ったのさ。

町の人びとはおまえをひどく怖れていて、何も手出しはできなかった。しばらくすると、女は真っ裸で街を歩くようになった。人びとは、それはよくないことだといっていたが、おまえまでが裸で歩きまわって、そのあげく、広場のまんなかで、馬の背にのったまま性交したから、人びとは恐怖のあまり町を見棄《みす》てて逃げてしまった。それからというもの、町は無人のままだ。

だれも住もうとしないのさ。

おまえも女も、二十一歳にもならないうちに死んだ。それでよかったのさ。な、この通り、二階で何が起ったかわたしは知っているんだよ」かれはわたしを見てやさしく笑った。かれの目はハープシコードの靴紐《くつひも》みたいだった。

二階で起ったことについて、わたしは考えてみた。

「わたしのいってることは本当だろう」とかれがいった。「じぶんの目で見たんだもの。じぶんのからだで旅をしたんだものな。じゃ、さっき邪魔が入るまで読んでた本、あれ読んじゃいなさい。おまえがあの女に寝てもらって、わたしは嬉《うれ》しいよ」

わたしがじぶんの本にもどると、木のページに加速度がついて、どんどん猛烈な速さでめくれて行った。そしてとうとう海上の舵輪《だりん》みたいにスピンしたのだった。

ヘイマン・クリークに鱒《ます》がのぼってきた最後の年のこと

あの老いぼれも、死んでしまった。ヘイマン・クリークはチャールズ・ヘイマンに因《ちな》んで名付けられたのだった。チャールズ・ヘイマンというのは、誰も住みたがらないような醜く痩《や》せた苛《か》酷《こく》な土地に暮していた、ちょっと頭の足りない開拓者だった。

一八七六年、かれは何の取柄もない小山から落ちる水を集めたクリークのそばに、丸太小屋を建てた。いつの間にかクリークはヘイマン・クリークと呼ばれるようになった。

ヘイマンの旦那《だんな》は読み書きを知らず、それを好都合だと考えていた。ヘイマンの旦那はずっと長いこと、不定期の雑役のようなことばかりしていた。

紡績機がいかれたって？

ヘイマンさんに直してもらえよ。

垣根が火事だ？

ヘイマンさんに消してもらいな。

ヘイマンの旦那は碾《ひ》き割りにした麦とちりめんキャベツを食べて生きていた。小麦を百ポンド入りの袋で買いこみ、擂鉢《すりばち》と擂粉木で擂り砕いた。丸太小屋の前にちりめんキャベツを栽培していたが、あたかも品評会で受賞した蘭《らん》をあつかうように、手入れをしたものだ。

生存中、ヘイマンの旦那は、コーヒー一杯、煙草《たばこ》一本、酒一杯、女ひとりとして触れたことはなかった。そんなものは愚かしいと考えていた。

冬には二、三の鱒がヘイマン・クリークにのぼってきたが、夏が来るころには、クリークはほとんど乾《ひ》上《あ》がって、魚などはいなかった。

ヘイマンの旦那は鱒を一、二匹釣り上げると、それを碾き割り小麦とキャベツと一緒に、生で食べた。かれはすっかり年老いて、ある日のこと、全然働く気がしなくなってしまった。もうすっかりヨボヨボだった。村の子どもたちは、かれが独り住まいしているのは悪魔だからだと怖《おそ》れて、丸太小屋沿いのクリークに近寄ることさえしなかった。

ヘイマンの旦那としては、それはそれで構わなかった。子どもこそは無用の長物の最たるもの。読み書き、子ども、みんな同じことさ。ヘイマンの旦那はそう考えて、小麦を碾き、キャベツの世話をして、鱒がクリークをのぼってくれば釣っていた。

最後の三十年間、ずっと、かれは九十歳に見えた。そしてあるとき、じぶんはもう死ぬのだな、と思った。そして、死んでしまった。かれが死んだその年には、鱒はヘイマン・クリークをのぼってこなかった。それからというもの、ふたたび鱒がのぼってくることはなかった。「あの年寄りが死んでしまったからには行っても無駄だ」、そう鱒は判断したのである。

擂鉢と擂粉木が棚から落ちて割れた。

丸太小屋は腐りはてた。

そして、ちりめんキャベツ畑には雑草が蔓延《はびこ》った。

ヘイマンの旦那が死んで、二十年。ある日、釣り・狩猟関係の役人がその附近の小川に鱒を放していた。

「ここらにもちょいと、入れとくか」とひとりがいうと、「そうだな」ともうひとりが答えた。

かれらは缶いっぱいの鱒を空けた。するとどうだ、鱒は流れに触れるが早いか、白い腹を見せ、死んでクリークを流れ下って行ってしまった。

ポルトワインによる鱒死《ますじに》

それは空想の屋外便所ではなかった。

現実であった。

十一インチの虹鱒《にじます》が殺されたのである。ポルトワインを呑《の》まされて、こんりんざい、地上には住めなくなった。

鱒がポルトワインを呑んで命を落すのは、自然の秩序に反している。

鱒が釣師に首の骨を折られて、びくに放りこまれる。あるいは、全身に砂糖色の蟻《あり》の如《ごと》き黴《かび》を生やして、ついに死の砂糖壺《つぼ》に落ちるような按配《あんばい》になって死ぬ。それならわかる。

鱒が夏の終りには乾《ひ》上《あが》ってしまう池にはまって死んだって、猛禽《もうきん》の爪《つめ》、猛獣の爪にかかって死んだって、不自然ではない。

そうなのだ。鱒が汚染によって殺されたり、人糞《じんぷん》溢《あふ》れる川で窒息死する、それだって、かまわない。

老衰で死ぬ鱒もいるし、そういう鱒の白い髭《ひげ》が海へ流れて行くのである。

これらはすべて、自然の死の秩序に従っている。しかし、鱒がポルトワインを呑んだために死ぬとなると、これはちと話が違う。

そのようなことは、一四九六年刊『聖オルバンズの書』の〈釣針による釣りに関して〉にも書かれていない。そのようなことは、H・C・カットクリフ著、一九一〇年刊『チョーク川の副次的戦術』にも見当らない。ビアトリス・クック著、一九五五年刊『真実は魚釣りより奇なり』にもない。リチャード・フランク著、一六九四年刊『北国回想』にもない。W・C・プライム著、一八七三年刊『我は釣人』にもない。ジム・クィック著、一九五七年刊『鱒釣りと毛鉤』にもない。ジョン・タヴァナー著、一六〇〇年刊『魚と果実に関する実験』にもない。ロデリック・L・ヘイグ＝ブラウン著、一九四六年刊『川は眠らぬ』にもない。ビアトリス・クック著、一九四九年刊『魚が我らを分つまで』にもない。E・W・ハーディング著、一九三一年刊『毛鉤釣りと鱒の立場』にもない。チャールズ・キングスレー著、一八五九年刊『チョーク川研究』にもない。ロバート・トレイバー著、一九六〇年刊『鱒狂い』にもない。

J・W・ダン著、一九二四年刊『太陽と毛鉤』にもない。レイ・バーグマン著、一九三二年刊『徒然《つれづれ》釣り』にもない。アーネスト・G・シュバイバー二世著、一九五五年刊『孵化《ふか》期の鱒釣り』にもない。H・C・カットクリフ著、一八六三年刊『急流の鱒釣り――その技術』にもない。C・E・ウォーカー著、一八九八年刊『新装の古い毛鉤』にもない。ロデリック・L・ヘイグ＝ブラウン著、一九五一年刊『釣人の春』にもない。チャールズ・ブラッドフォード著、一九一六年刊『真摯《しんし》なる釣人と川鱒』にもない。チジー・ファリングトン著、一九五一年刊『女性も釣れる』にもない。ゼイン・グレイ著、一九二六年刊『釣人天国・ニュージーランド』にもない。G・C・ベインブリッジ著、一八一六年刊『毛鉤釣りの手引』にも、全然ないのである。*

どこを探しても、ポルトワインを呑んで死んだ鱒のことは見当らない。


最高死刑執行人について述べよう――朝、わたしたちが目を覚ますと、外はまだ暗かった。やつは薄笑いを浮かべて台所に入ってきた。わたしたちは朝食をとった。

じゃが芋炒《いた》めと卵とコーヒー。

「おい、てめえ、ろくでなし」とやつはいった。「塩とってくれ」

釣具はもう車に積込んであった。わたしたちはさっそく出発した。夜明けの最初の光がさしはじめるころには、もう山の麓《ふもと》に達していた。わたしたちは夜明けのなかに向って走って行った。

木立の背後に光があって、奇妙な百貨店の中を行くみたいだった。

「ゆうべのあの娘《こ》さ、いかしてたじゃないかよ」とやつがいった。

「うん」とわたしはいった。「おまえ調子よかったしな」

「据膳《すえぜん》くわぬは男の恥だ」

ふくろうのかぎ薬《アウル・スナッフ》クリークは小さなもので、ものの二、三マイルしかない。しかしいい鱒がいた。車からおりて、四分の一マイルほど、クリークに向って山腹沿いを歩いた。わたしは釣りの準備にとりかかった。やつはポルトワインの一パイント瓶をポケットから取り出して、「やるかね」ときいた。

わたしは「いらないよ」といった。

やつは一口ごくりと呑んで、首を左右に振っていった。「このクリークを見ているとさ、おれがなにを思い出すか知ってるか」

「いや」とわたしは、鉤素《はりす》に灰色と黄色の蚊鉤をつけながらいった。

「エヴァンジェリンの腟《ちつ》だよ。おれの幼年時代の夢、青年期のインスピレーション」

「結構じゃないか」

「ロングフェローは、おれの幼年期のヘンリー・ミラーなのだ」

「そうかい」

わたしはその縁に沿って樅《もみ》の針葉が渦巻模様を描いている、小さな池に糸を垂れた。樅の葉がぐるぐるぐると幾重にも渦巻いていた。これらの針葉が木から落ちてきたとは、とても信じられない。まるで水たまりがその水っぽい枝の上に葉を育てたのではないかと思われるほど、針葉は水たまりに浮かんで幸福そうで、ごく自然に見えた。

三度目のとき、かなりいいあたりがあったのに、逃げられてしまった。

「惜しいじゃないか」とやつがいった。「おれはおまえが釣るのを見ていることにするよ。盗まれた絵は隣の家にあるぜ。*」

わたしは流れをさかのぼって釣った。峡谷のせまい階段にどんどん近づいた。そしてついに、あたかも百貨店にでも踏みこむようにして峡谷へ入ってしまった。遺失物係では三匹の鱒が釣れた。ところが、やつはといえば、釣糸に針をつけようとさえしない。ただわたしのあとからついてきて、ポルトワインを呑み、世界に罵詈《ばり》雑言《ぞうごん》を浴びせかけていただけだ。

「こりゃあいいクリークだ」とかれはいった。「エヴァンジェリンの補聴器みたいだな」

やがて、わたしたちは大きな池に出てしまった。玩具《おもちゃ》売場をしぶきをあげて流れるクリークが作ったものだ。水が流れこむ口のところはクリーム状になっていたが、澄んだところは鏡となり、一本の大木の影を映し出していた。もう陽はのぼっていた。山をおりてくる陽の光が見えた。

わたしはクリーム状のところに釣糸を投げこんで、蚊鉤が隣りの鳥のいる大木の枝まで漂い流れているのにまかせていた。

すると、ぐい!!

わたしが引くと、鱒ははねた。

「キリマンジャロの麒麟《きりん》レースだあ」とやつは叫び、鱒が跳びはねるたびに、いちいちちぢぶんも跳びはねた。

「エヴェレスト山の蜂《はち》レースだあ」とやつは叫んだ。

網がないので、クリークの端まで鱒をなんとか追いつめて、岸へ振り上げた。

鱒は横腹に大きな紅の縞《しま》をつけていた。

みごとな虹。

「美人だねえ」とやつがいった。

やつが手で取り上げると、魚は手の中でのたうちまわる。

「首を折れよ」とわたし。

「もっといい考えがあるぜ」とやつ。

「殺す前に、まず死に接近する苦痛を柔らげてやろうじゃないか。こいつは一杯やりたがってるからな」やつはポケットからポルトワインの瓶をとり出すと、栓をはずして鱒の口の中へなみなみと注いだ。

鱒は痙攣《けいれん》をおこした。

地震にあった望遠鏡さながら、鱒のからだがはげしく震えた。口をあんぐりとあけて、人間なみの歯を生やしているのかと思うほど、歯をガチガチと鳴らした。

やつは白い岩に、頭を低くして鱒を横たえた。すると、わずかなワインがその口からちょろちょろと流れ出て、岩肌にしみをつけた。

鱒はもう、じっと動かない。

「しあわせに死んだなあ」とやつがいった。

「これこそ無名のアル中に捧《ささ》げるおれの詩だ。ほら、見ろよ！」

〈アメリカの鱒《ます》釣り〉検屍《けんし》解剖報告

これは〈アメリカの鱒釣り〉の検屍解剖報告である。例えば〈アメリカの鱒釣り〉がバイロン卿《きょう》で、ギリシャのミソロンギで死亡し、ついに再びその目でアイダホの岸辺、カリー・クリーク、ワースウィック温泉、パラダイス・クリーク、ソルト・クリーク、ダック湖などを眼《ま》の当りにすることはなかった、ということになれば、以下のような検屍解剖報告が届くだろう。

〈アメリカの鱒釣り〉検屍解剖報告——

「当該遺体は極めて良好な状態にあった。急激に起った窒息が死因であると推定される。厚い頭蓋《ずがい》を切開したところ、頭蓋骨は八十歳の人物のそれとは思えぬほどで、縫合線の跡すら全く見当らない。それ故《ゆえ》に、当該頭蓋は、ただ一枚の骨で形成されているとさえいえるほどである。……髄膜が頭蓋内壁に強固に密着していたので、硬膜から骨を剝離《はくり》するのに逞《たくま》しい男が二人でかかっても、鋸《のこぎり》で引き切れなかった程である。……小脳と大脳合わせてその重さ、六医療衡ポンド。腎臓《じんぞう》は大にして疾病《しっぺい》なし。膀胱《ぼうこう》は比較的小さい*」

一八二四年五月二日、〈アメリカの鱒釣り〉の遺体は、一八二四年六月二十九日の黄昏《たそがれ》に英国到着の予定で船に積まれて、ミソロンギを後にした。〈アメリカの鱒釣り〉の遺体は酒百八十ガロン入りの棺《ひつぎ》に保存された。ああ、アイダホからの遥《はる》かなる道程。スタンレー盆地、レッドフィッシュ湖、ビッグ・ロスト・リヴァー、ジョセファス湖、そしてビッグ・ウッド・リヴァーからの、かくも遥かなる道程よ。

メッセージ

昨夜。わたしたちのキャンプファイアから出た青いものが、つまり煙そのものが、谷を漂い下っていった。煙は夢うつつの鐘の音の中に流れこんで、ついに、青いものと鐘の音はすっかり混ざりあってしまった。どんなに大きな鉄梃《かなてこ》だって、この二つを引き離すことはできなかっただろう。

昨日の午後、ウェルズ・サミットから車で下って行くと、羊の群に出くわした。羊たちも移動中であった。

葉のついた木の枝を手にして、羊飼いが車の前を歩く。そうやって、羊を道の両端に追い散らす。かれは痩身《そうしん》で、若いアドルフ・ヒトラーのような感じがした。しかし、愛想はいい。

路上には千頭もの羊がいたのではないか。暑くて埃《ほこり》っぽくて、とてもやかましかった。長い時間が過ぎたようだった。

羊の列の後には、二頭立ての幌《ほろ》馬車があった。別にもう一頭馬がいた。美しい牝馬《めすうま》で、馬車の後に繋《つな》がれていた。風に白い帆布が小波《さざなみ》をたてて、荷馬車には馭者《ぎょしゃ》はいない。馭者席はからだ。

やっと、アドルフ・ヒトラーみたいな（だが、愛想はいい）羊飼いは、最後の羊の一群を追い払った。かれがにっこりしたので、わたしたちは手を振って礼をいった。わたしたちはキャンプする場所を探していた。リトル・スモーキー山に沿って五マイルほど下って行ったが、気に入った場所がない。来た道を引き返してカリー・クリークまで戻ることにした。

「やくざな羊がまだうろうろしてないといいけどな」とわたしはいった。

さっき羊たちに出くわした地点に戻ると当然のことながら、やつらはいなかった。しかし、道をのぼって行くと、わたしたちは羊の糞《ふん》の跡を追って行くことになった。それは一マイルも続いていた。

わたしは羊の群が見えるかもしれないと思って、リトル・スモーキー山の裾野《すその》の方を幾度も見た。羊の姿はどこにもない。眼前の路上に糞だけが落ちていた。

まるで括約筋が発明したゲームじゃないか。結果がどうなるか、明白だった。わたしたちは首を左右に振りながら待っていたのだ。

角を曲った。すると、どうだ、円筒花火が爆発したみたいに、あたり一面、もう羊だらけだった。再び眼前には、千頭の羊と羊飼いが、一体こいつらどういうつもりなんだという顔つきで、立ちはだかっていたのだ。こっちだって、同じ気持だった。

車の後座席にビールがいくらかあった。冷いとはいえないが、温まっているというわけでもない。わたしはひどく狼狽《ろうばい》していたのだ。ビールを一本取って、車から降りた。

わたしは愛想のいいアドルフ・ヒトラーみたいな羊飼いに近寄った。

「すまないな」とわたしはいった。

「羊はなあ」とかれはいった。（おお、ミュンヘンの、ベルリンの甘く遠き花よ！）

「ときどき厄介なことになるけどよ、ま、大体うまくいくね」

「ビールやるかね」とわたし。「また迷惑かけちまって悪いな」

「どうも」とかれは肩をすくめていった。ビールを受けとると、荷馬車のからの馭者席に置いた。と、そうわたしには見えた。やっと、羊の群から自由になったのは、ずいぶんあとのことだった。羊たちはわたしたちの車からやっとのことで取り払われた網みたいだった。

わたしたちはカリー・クリーク沿いに行ってテントを張り、車から荷物をおろしてテントの中に並べた。

その後、クリークをちょっとまた登って、ビーバーがつくったダムまで行くと、落葉のような鱒《ます》がわたしたちをじっと睨《にら》み返した。

車の後に燃料用の木切れをたくさん積んでから、わたしはその落葉のような連中を夕食用に釣り上げた。かれらは小振りで黒っぽく、冷たかった。秋はわたしたちに対して寛大だった。

キャンプに戻ってみると、下の方にあの羊飼いの荷馬車が見えた。牧草地の方角から、夢うつつの鐘の音と遥《はる》かな羊の鳴声が聞こえた。

愛想のいいアドルフ・ヒトラーみたいな羊飼いを直径として描く、羊の群の最後の円周。その夜は、そこで野宿するのだ。そして、夕暮れに、わたしたちのキャンプファイアの青い煙が夢うつつの鐘の音の方まで漂い流れて行ったのだった。

羊らはみずからをあやして、深い深い眠りに落ちていった。敗れた軍隊の旗のように。一頭、そしてまた一頭。さて、ここに先刻、きわめて重要なメッセージが届いたのだ。それには〈スターリングラード〉とあるのである。

アメリカの鱒《ます》釣りテロリスト

永遠《とこしえ》なれ、われらが友なる拳銃《けんじゅう》！
永遠《とこしえ》なれ、われらが友なる機関銃！
――イスラエル・テロリストの歌

六年生だったある四月の朝、初めはほんの偶然から、あとには故意に、わたしたちはアメリカの鱒釣りテロリストになった。

事の次第は次の通りである。――わたしたちは奇妙な子どもの一団だった。

わたしたちは大胆にして有害な行いをして常に校長の前に呼びだされていた。校長は若い男だったが、わたしたちの扱いについては、じつに天才的といえた。

四月のある朝、わたしたちは運動場でぶらぶらしていた。運動場では一年生が玉突きの玉みたいに行ったり来たりして、そこは野天の玉突き場のような感じだった。わたしたちはその日、一日中キューバについて学ぶことなどを考えて、退屈しきっていた。

仲間の一人が白墨を持っていた。別の一人が一年坊主《ぼうず》が通りかかったときに、べつにどうという意図もなく、この一年坊主の背中にアメリカの鱒釣りと書いた。

一年坊主は背中に何が書いてあるのか読もうとしてからだをひねったが、全然見えない。肩をすくめると、ブランコのほうへ行ってしまった。

わたしたちは、この一年坊主が背中にアメリカの鱒釣りと書きつけられたまま立ち去るのを眺めていた。なかなか結構な眺めだった。一年坊主の背中に白墨でアメリカの鱒釣りとあるのは、なかなかぴったりして感じもよかった。

また一人、一年坊主がいたので、わたしは友だちの白墨を借りてこういった。「おい、一年生、ちょっとここへ来な」

かれがやってきたので、わたしはいった。

「むこう向いてみな」

一年坊主がむこうを向くと、背中にアメリカの鱒釣りと書いてやった。二人目の一年坊主の背中で、それはさらにいい感じだった。わたしたちはすっかり感心してしまった。アメリカの鱒釣り。確かにこれは一年坊主たちを、なんというか、ずっと格好よくみせたのだ。かれらを完成し、威厳さえ与えた。

「なかなかいかすじゃないか」

「そうだな」

「もっと白墨とってこようぜ」

「そうしよう」

「肋木《ろくぼく》のところに、一年生がかたまってるぜ」

「ああ」

わたしたちは手に手に白墨を持った。昼休みが終了する頃には、女の子たちも含めて、一年生のほとんど全員が背中にアメリカの鱒釣りをつけていた。

校長のところへ、一年生担当の教師たちから苦情が届きはじめた。苦情の一つは一人の女児という形でやってきた。

「ロビンズ先生に行きなさいといわれたんです」とこの子は校長にいった。「先生が校長先生にこれを見てもらいなさいって」

「何のことかね」と校長、からっぽの子どもをじっと見つめた。

「背中の……」と少女はいった。

少女がぐるりとむこうを向くと、校長が声を出して読んだ。「アメリカの鱒釣り」

「誰がしたんだね」と校長はたずねた。

「六年生の例の連中です」と少女が答えた。「悪い連中です。一年生みんなにしたんです。みんなこういう風にされました。アメリカの鱒釣り。どういう意味でしょうか。このセーター、おばあちゃんにもらったばかりなのに」

「ふん、アメリカの鱒釣りね」と校長はいった。「ロビンズ先生に、すぐ行きますからと伝えなさい」と少女を去らしめたのであったが、間もなく、わたしたちテロリストは卑《いや》しき世界からの召喚を受けた。

わたしたちはぐずぐずとだらだらと校長室へ入った。もじもじしたりばたばたしたり、窓の外をながめたりあくびをしたり。急に、一人が狂気的なまばたきをはじめたので、わたしたちは、こんどはポケットに手を突っ込んできょろきょろしたり、天井の電灯を見上げて、茹《ゆ》でたじゃが芋みたいだと思ったり、床に目をやったり、壁にかかった校長の母親の写真を眺めたりした。校長の母親はサイレント映画のスターで、鉄道線路に縛りつけられたりしたこともあった。

「きみたち、アメリカの鱒釣りと聞いて、何か心当りあるかな」と校長がいった。

「きょう学校のなかを歩いていて、どこかにそう書いてあったのを見たようなことはないかね。しばらく、よおく考えてみなさい」わたしたちはよおく考えてみた。

部屋には沈黙。過去に幾度か校長室に来た経験から、わたしたちにはきわめてなじみ深い沈黙。

「ええと、こういったら参考になるかな」と校長。「きみたちね、もしかして、一年生の背中に、白墨で書かれたアメリカの鱒釣りというのを見たんじゃないかな。どうしてそんなことになったんだろうか」

わたしたちはおどおどと笑ってしまった。

「いま、ロビンズ先生のところへ行ってきたところだがね」と校長はいった。「背中にアメリカの鱒釣りと書かれた者は手を上げるようにいったら、全員が手を上げた。ただ一人だけ上げない生徒がいた。昼休みの間ずっと手洗所に隠れてたんだ。どう思うかね、きみたち？　このアメリカの鱒釣りの一件を？」

わたしたちは黙っていた。

しかし、例のやつの狂気のまばたきはやまない。いつだって、結局こいつのまばたきのせいでバレてしまったんだ。六年生になってすぐ、こいつを仲間からはずすべきだった。

「きみたち、みんな、やったんだな」と校長がいった。「やらなかった者はいるかね？　いるなら、はっきりそういいなさいよ。さあ」

まばたきのパチパチという音だけが聞こえた。わたしたちはおし黙っていた。突然わたしは忌《いま》わしいまばたきの音に気づいたのだ。さながらわたしたちを襲った惨事の百万個目の卵を産みつける昆虫がたてているみたいな音だった。

「ここのみんな、一人残らずやったんだね。なぜかね？　なぜ一年生の背中にア、メ、リ、カ、の、鱒、釣、り、なんだね？」

それから、校長はわたしたちをへこますのに常用した手管、六年生用 E＝MC² の手を使った。

「なあ、考えてもみたまえ」とかれはいった。「わたしが先生がた全員にここに集ってもらって、みなさんむこうを向いてくださいという。それから先生がたの背中にア、メ、リ、カ、の、鱒、釣、り、と書きつけたら、これは滑稽《こっけい》なことになるんじゃないか？」

わたしたちはもじもじとくすくす笑いを洩《も》らして、少し赤くなった。

「きみたち、先生がたが背中にア、メ、リ、カ、の、鱒、釣、り、とくっつけて歩きまわって、きみたちにキューバのことを教えるのを見たいだろうか？　ばかばかしいと思うだろう？　そんなの見たくないだろう？　そんな具合じゃ、うまくいくまい。いくかね？」

「いきません」と、ある者は声に出していい、ある者はうなずき、パチパチとまばたきもあって、わたしたちはギリシャ悲劇のコロスのように返答したのだった。

「そうだろうと思っていた」とかれはいった。「先生がたがわたしを尊敬するように、一年生はきみたちを尊敬している。かれらの背中にアメリカの鱒釣りと書くのはよくない。いいかね、紳士諸君？」

わたしたちは同意した。

いつだって、決ってそういうことになったのだ。

もちろん、そういうことにならなければならなかった。

「じゃあ、これで」とかれはいった。「アメリカの鱒釣りの一件は落着と考えてよろしいか。よろしいね？」

「いいです」

「いいです」

「いいです」

「パチパチ」

けれども、それで完全に終ったわけではなかった。一年生の服からアメリカの鱒釣りが消えるのに、しばらく時間がかかった。翌日には、アメリカの鱒釣りのおおかたは消えていた。母親たちは単に服を着かえさせることによって消したのだが、ただ拭《ふ》きとっただけで、同じ服を着せて子どもを学校にやった母親もかなりいて、その場合には、背中にうっすらと輪郭の浮き出たアメリカの鱒釣りがまだ見えた。けれど、それから数日もすると、アメリカの鱒釣りは完全に姿を消してしまった。どうせ初めからそういう宿命だったのだ。そして、一年生の上に、秋のような感じが影をおとした。

FBIと〈アメリカの鱒《ます》釣り〉

親愛なる〈アメリカの鱒釣り〉

先週のことだが、勤め先まで行くんで、マーケット通りを歩いていた。FBIの特別手配犯人の写真が一軒の店のウィンドウに出ていたよ。その中の一枚は、紙の両端が折り込んであるもので、写真の下についた説明文が読めなかった。写真を見ると、そばかすで巻毛（赤毛?）、なかなかの男前で、きちんとした感じの男だがね。

容疑：

リチャード・ローレンス・マーケット

別名：リチャード・ローレンス・マーケット、リチャード・
　ロレンス・マーケット
当容疑者に関する事実等：
二六、一九三四年十二月十二日　オレゴン州ポートランド生まれ
一七〇—一八〇ポンド
筋肉たくましい
薄茶、短く刈っている
青
　顔色：赤味を帯びている
　人種：白人
　国籍：アメリカ
　職業：
　　　　　自動車修
　　　　自動車タイヤ再生
　　　土地測量ロッド
　　前膊《ぜんはく》右
徴：六インチの脱腸手術のあと、
腕に入墨「おっかあ」（花輪模様の中に）

顎《がく》総入れ歯　下顎にも義歯ある可能性。たびたびバに出入りする。鱒釣狂。

（両端の文字が折り込まれてしまって、ビラはちょうどこんな具合になっていたが、これ以上はわからない。いったい何の容疑なのかも）

ふるき友
パード

親愛なるパード

きみの手紙を読んで、先週、ＦＢＩ捜査官二名が鱒のいる川をじっと見つめていたわけがわかったよ。木々のあいだを縫って流れ、それから黒い大木の切株の周囲を巡って深い池に注いでいる川だった。かれらはじっと見つめていたのさ。池の面に鱒が上ってきた。ＦＢＩ捜査官は、たった今コンピューターから出てきたカードに開いた穴でも調べるように、水路や木々や黒い切株や鱒を見ていたよ。午後の太陽が空を横切ると、地上のものすべてが様々に変化した。太陽の動きにつれて、ＦＢＩ捜査官の姿もどんどん変化した。かれらはそういう訓練も受けているのだね。

きみの友

Trout Fishing in America

ワースウィック温泉

ワースウィック温泉はとりたてていうほど、洒落《しゃれ》たものじゃない。だれかがクリークに何枚かの板切れを入れた。それだけのことだ。

板切れがクリークの流れを堰《せ》き止めて、そこが巨大な風呂桶《ふろおけ》のようになっていた。クリークの湯は板切れの上にも溢《あふ》れて、遥《はる》か彼方《かなた》の海への招待状のように人を招くのだった。

すでにいったが、ワースウィックは金持ちがでかけて行くような洒落たものじゃない。周辺には建物もない。風呂のかたわらに古靴が片方落ちていた。

温泉の湯は山から流れ落ちてくる。流れに沿って生える山蓬《やまよもぎ》の間に、鮮かな橙色《だいだいいろ》の湯の華が見える。温泉は風呂桶のところでクリークに注ぎ込む。そこがすごく具合がいいのだ。

わたしたちは泥道に車を停めると、そこまで行って服を脱いだ。あかんぼの服もってやった。湯に入るまでは虻《あぶ》にたかられたが、湯につかったら、もうたかられなかった。

風呂の囲りには緑色のどろりとしたものが生えていたし、わが浴槽には十匹ぐらい、死んだ魚が浮いていた。死によって、かれらのからだは白くなり、鉄の扉についた霜みたいだ。魚の目は大きく見開かれ、こわばっている。

魚どもはクリークを遠くまで下りすぎた。そのあげく、「金のキレメが縁のキレメ」などと歌いながら、湯に流れ込んでしまったのだ。

わたしたちは湯につかって、遊んだりゆったりとくつろいだりした。緑色のどろりも死んだ魚たちも、一緒に遊んだりくつろいだりして、わたしたちのからだの上に溢れては、絡《から》みついてきた。

女房と熱い湯のなかでパシャパシャやっているうちに、わたしは、いわば、変な気持になってきた。やがてあかんぼにわたしの勃起《ぼっき》したところを見られないように、適当な姿勢をとった。

つまり、深く深く湯にからだを浸したわけだが、これではまるで恐竜だ。緑色のど、ろりと死んだ魚がわたしのからだをおおった。

女房はあかんぼを湯から上げて哺乳瓶《ほにゅうびん》を与え、車へ連れていった。あかんぼはもう疲れていたのだ。もう実際昼寝の時間だった。

女房は車から毛布を出すと、温泉側の窓に掛けた。車の屋根に毛布をのせ、その上に石を置いて落ちないようにした。その時の車のかたわらの女房の姿は、いまも目に浮かぶ。

やがてかの女は湯に戻ってきたが、まず虻がかの女にたかった。次が、わたしがたかる番だった。ややあって、「ペッサリーを持ってないのよ。あっても、どうせ水のなかじゃ役にたたないわ。あなた、あたしのなかでじゃなくいったら、そのほうがいいわね。どう思う？」という。

わたしは考えてみてから、よかろうと答えた。もう当分子どもは要らないんだから。緑色のどろりと死んだ魚が、二人のからだじゅうに纏《まつわ》りついた。

女房の首の下を、死んだ魚が一匹流れていった。それは反対側に浮きあがるだろうと思って待っていたら、やっぱり反対側に浮きあがった。

ワースウィックは洒落たもんじゃない。

間もなくわたしはいっちまったが、映画なんかで、急降下してきた飛行機が学校の屋根の上を危うくかすめて飛ぶように、一秒の何分の一という差で、女房の外に出たのだった。

精液は湯のなかに流れ出て、馴《な》れない光に会ってびっくりすると、たちまち霧のような紐《ひも》状のものとなった。それから流れ星みたいに渦巻いて広がった。すると死んだ魚が精液のなかに流れこんで、それをまんなかから折り曲げた。魚の月は鉄みたいにこわばっていた。

ネルソン・オルグレン宛《あて》〈アメリカの鱒《ます》釣りちんちくりん〉を送ること

去年の秋突然、〈アメリカの鱒釣りちんちくりん〉が、壮麗なクロームめっき鋼鉄の車椅子《くるまいす》に坐《すわ》ってよろよろとサン・フランシスコに現われた。

かれは脚のないヒステリーの中年アル中だ。

あたかも旧約聖書からの一章のように、かれはノース・ビーチに降り下った。かれは、秋になると渡り鳥が旅立つその理由そのものである。大地の冷え冷えとした回転そのもの、甘い砂糖*を吹きとばす悪《あ》しき風だ。

かれは路上で子どもを呼びとめていう。「おれにはな、脚がねえんだよ。フォート・ローダーデイルで鱒に嚙《か》み切られたのさ。おまえらには脚がある。鱒はおまえらの脚を嚙み切らなかったからな。さ、あそこの店まで、車椅子押しとくれ」

慄《おのの》き狼狽《ろうばい》した子どもたちは、〈アメリカの鱒釣りちんちくりん〉を店の中まで押して行く。それは決って甘口のワインを売る店で、かれはワインを一瓶買うと、また子どもたちに店の外まで押させて通りへ出る。ワインの口をあけると、道傍でウィンストン・チャーチルかとも見まがうばかりの格好で呑《の》むのだ。

やがて〈アメリカの鱒釣りちんちくりん〉がやってくるのを見ると、子どもたちはさっと隠れるようになる。

「先週、おれ、押してやったもの」

「きのう押したぜ、おれは」

「こいよ。ごみ箱の後に隠れよう」

〈アメリカの鱒釣りちんちくりん〉が車椅子でがたがたと通りすぎる間、子どもらはごみ箱の後に隠れている。かれが行ってしまうまで、息をひそめて待つ。

〈アメリカの鱒釣りちんちくりん〉は、ノース・ビーチのストックトン通りとグリーン通りの角、『イタリア』新聞社のところによく行った。午後になると、年老いたイタリア人たちが新聞社の前に集まって、建物に寄りかかってただ立ちつくしていた。そうやって、陽ざしのなかでお喋《しゃべ》りして、死んで行くのだ。

〈アメリカの鱒釣りちんちくりん〉は、鳩《はと》の群の中へ突っこむようにして、ワイン片手にイタリア人の群のどまんなかにいきなり車椅子で割りこんでいんちきなイタリア語で猥雑《わいざつ》に喚《わめ》き立てるのだった。

「トラ・ラ・ラ・ラ・ラ・ラ・スパ・ゲッ・ティィィ!」

わたしはワシントン広場のベンジャミン・フランクリン像の正面で、〈アメリカの鱒釣りちんちくりん〉が気絶するのを見た。頭からまっ逆さまに車椅子から落ちたまま、身動きもせずそこに倒れていた。大鼾《おおいびき》をかいて。

手に帽子を持った金属のベンジャミン・フランクリンが時計のように見おろしていた。

下の方に、〈アメリカの鱒釣りちんちくりん〉が倒れていた。顔が芝生の中で扇のように広がっていた。

ある午後のこと、わたしと友人は、〈アメリカの鱒釣りちんちくりん〉のことを話していた。わたしたちは、ワイン二、三ケースと一緒に、大きな貨物用の木枠にかれを詰めて、ネルソン・オルグレン宛に送りつけるのが最良ではないかと結論をくだした。

ネルソン・オルグレンはつねに〈鉄道ちんちくりん〉のことを書いているではない

か。『ネオンの荒野』（「酒場の床に描かれた顔」という絵を描いた話）の主人公はかれだし、『荒野を歩め』ではドウ・リンクホーンをやっつけた男がやはりそうだ。

ネルソン・オルグレンなら、〈アメリカの鱒釣りちんちくりん〉の保護者として最適だろう。わたしたちはそう考えた。博物館だってできるかもしれない。〈アメリカの鱒釣りちんちくりん〉が、最初の蒐集品《しゅうしゅうひん》になるということだってあるじゃないか。

わたしたちは梱包《こんぽう》用の木枠にかれを入れて、それを釘《くぎ》付けするだろう。そして、大きな荷札をつけよう。

内容物：
アメリカの鱒釣りちんちくりん
職業：
アル中
宛先：
シカゴ
ネルソン・オルグレン気付

木枠の外側には、そこらじゅうにベタベタと、ステッカーを貼《は》る。——ガラス／取扱い注意／要注意／ガラス／こぼすな／天地無用／このアル中、天使の如《ごと》く扱うべし。木枠のなかで、ぶつぶつこぼしたり、吐いたり、呪《のろ》ったり、〈アメリカの鱒釣りちんちくりん〉は、サン・フランシスコからシカゴに向って、アメリカ大陸を行くだろう。

そして、いったい全体どうなっちゃってるんだと訝《いぶか》しがる〈アメリカの鱒釣りちんちくりん〉は、大音声《だいおんじょう》でおめきつつ旅をするだろう。「ここはどこでえ？　ビンの栓が開かねえぞお！　電気なんか消しやがってよ！　いまいましいモテルだぜ！　小便だ、小便！　鍵《かぎ》はどこだあっ！」

いい考えじゃないか。

〈アメリカの鱒釣りちんちくりん〉のためにこんな計画を立てて二、三日もすると、サン・フランシスコは大雨になった。雨で街路が溺死人《できしにん》の肺のようにふくらむ。仕事に急ぐわたしは交差点ごとに、ふくれあがった溝に出会った。

フィリピン人の経営する洗濯場の窓際《まどぎわ》で、〈アメリカの鱒釣りちんちくりん〉が気を失っていた。閉じた目でじっと外を睨《にら》みつけて、車椅子に坐っていた。

表情には静かなところがあった。人間らしく見えたといってもいいほどだった。洗濯機で脳味噌《のうみそ》を洗ってもらっているうちにいつしか眠ってしまったのだろう。

何週間もたったが、わたしたちはいっこうに、ネルソン・オルグレン宛〈アメリカの鱒釣りちんちくりん〉を送らなかった。延ばし延ばしにしたのだ。あれやこれやで。そのうちに、わたしたちは黄金の機会を失ってしまった。その後間もなく、〈アメリカの鱒釣りちんちくりん〉が姿を消したのだ。

おそらく、ある朝警察の一掃にあって、あんちくしょう、ブタ箱に放りこまれたのだ。あるいは、精神病院でしばらく禁酒させられることになったのかもしれない。

それとも、〈アメリカの鱒釣りちんちくりん〉は車椅子に坐ったまま、高速道路をがたがたと、時速四分の一マイルでリン・ノゼ*あたりまで行ってしまったのだろうか。

あいつのその後を、わたしは知らない。しかし、いつかあいつがサン・フランシスコへ帰って来て死ぬようなことになれば、わたしには考えがある。

〈アメリカの鱒釣りちんちくりん〉は、ワシントン広場のベンジャミン・フランクリン像のすぐ横に埋葬されること――。かれの車椅子を巨大な灰色の石にしっかりと繋《つな》いで、石の上にこう刻むのだ。

アメリカの鱒釣りちんちくりん
洗い　二十セント

乾燥　十セント*

永遠《とこしえ》に眠れ

二十世紀の市長

ロンドン。一八八七年十二月一日、一八八八年七月七日、八月八日、九月三十日、十月某日、十一月九日、一八八九年七月十七日および九月十日*……

変装は完璧《かんぺき》だった。

目撃者はいない。もちろん、犠牲者以外には、ということだ。そう、犠牲者はかれを目撃している。

誰があのようなことを想像しえたか？

かれはアメリカの鱒《ます》釣りの扮装《いでたち》をしていた。肘《ひじ》を山々でおおい、シャツの衿《えり》にはおかけすをつけていた。靴紐《くつひも》に絡《から》まるように咲いた百合《ゆり》の花の間を深い川が流れていた。懐中時計用のポケットで食用蛙《がえる》がガアガア鳴いた。そして、あたりには熟れたクロイチゴの茂みの甘い香り。

かれは夜ごとの殺人のために、アメリカの鱒釣りを衣装としてまとい、自分の姿を偽った。

誰がそのようなことを想像できたか？

誰も！

スコットランド・ヤード？

（へっ！）

やつらはいつも現場から遥《はる》か遠くで、〈おひょう追い〉の帽子*をかぶって、埃《ほこり》などいじくって調べていたのさ。

誰もついに気づかなかった。

そして、おお、かれはいまでは二十世紀の市長であるぞ！　剃刀《かみそり》、ナイフ、それとウクレレが、かれのお気に入りの道具さ。

もちろん、ウクレレでなくてはならない。内臓を貫通して鋤《すき》のようにグイと引く——かれでなくては、とうてい思いつかないことではないか。

パラダイス

「貴殿の信書は他の点では完全でありましたが、排便については、田園生活の排尿方法について簡略に述べられたとはいえ、やはり論題を回避されておりました。貴殿は私の野糞《のぐそ》に関する限りない興味について充分御承知なのですから、これはなんとしても、貴殿にぬかりありといわねばなりますまい。次の書信にて、急ぎ詳細うけたまわりたい。V字形塹壕《ざんごう》、サファリ用ヘルメット、パチンコ、屋外便所——なお、穴の数、回虫の懸念《けねん》、以前の使用者が残したもの等についても、報《しら》せていただきたい。」

——ある友人の手紙から

羊。パラダイス・クリークでは、何もかも羊の匂《にお》いがした。それなのに、羊の姿は見えない。市民自然保護部隊の巨大な記念碑が立っている山林監視員詰所の傍で、わたしは釣っていた。

記念碑は、ある寒い朝に、扉の上部に古典的な半月形の穴をあけた便所*に向って歩いて行くところではないかと思われるような青年の姿で、高さ三・六メートルほどの大理石像である。

三〇年代はもう戻ってはこない。けれど、かれの靴は露に濡《ぬ》れている。大理石の靴は永遠に変らない。

わたしは沼のほうへ行ってみた。クリークが草地に柔らかく、ビール腹みたいに広がっていた。釣りはなかなか厄介だった。夏鴨《なつがも》が飛び立つ。やつらは〈レニアー・エール〉のラベルにあるような子鴨をつれた真鴨だった。

や、ま、し、ぎも見かけた。長い嘴《くちばし》をしている。誰かが鉛筆削り器に消火栓をつっこんで、それを鳥にくっつけてから、びっくりさせてやろうと、その鳥をわたしの前に飛ばせたのではないかと思われるような姿だった。

わたしはクリークが再び筋肉質の姿を現わすまで、ゆっくりと場所を移しながら釣った。逞《たくま》しきもの、パラダイス・クリーク。そこまで行くともう羊が見えた。何百という羊。

何もかも羊の匂いだ。花弁の一枚　枚が羊の毛を映しだし、鈴の音がその黄色から鳴り響いて、タンポポは突如、花というよりむしろ羊であった。けれども、いちばん強く羊の匂いを発したのは、陽ざしだった。太陽が雲に隠れると、老人の補聴器を足で踏みつけたみたいに、羊の匂いは弱まった。再び太陽が顔を出すと、羊の匂いはコーヒー茶碗《ぢゃわん》のなかに雷が落ちたみたいに、ひどくやかましくなった。

その午後、わたしの釣針の正面で、羊たちがクリークを渡った。羊たちはわたしのすぐそばを通ったので、かれらの影がわたしの釣餌《つりえさ》の上に落ちた。まるで羊の尻《しり》の穴に鱒《ます》を釣った、とさえいえる。

カリガリ博士の実験室

かつて、ミズカマキリがわたしの専門だった。太平洋岸北西部で、冬の間にできた水たまりをしらべていた幼年時代の春のこと。奨学金をもらったのだ。

わたしの書物はシアーズ＝ローバックから買った長靴一足。緑色のゴムのページ。教室はおもに海岸に近いところにあった。そこが重要なことが起る場所、すばらしいことが起る場所であった。

ときどき、わたしは水たまりに板切れを渡してみた。そうして板に乗れば、深い水の中が見えたのだ。けれども、それは水際《みずぎわ》ほどおもしろくはなかった。

ミズカマキリときたらとても小さいので、わたしは目を低くもっていって、溺《おぼ》れたオレンジのようにして、水たまりを覗《のぞ》きこまなければならなかった。そういえば、河や湖の水面に浮かぶ林檎《りんご》や梨《なし》にはロマンスがある。はじめの一、二分は何も見えない。じっと待っていると、ミズカマキリの姿が見えてくる。

一匹の黒いミズカマキリが大きな歯をして、肩に新聞配達袋を掛けた白いミズカマキリを追いかけていたり、窓辺でトランプをする二匹の白いやつが見えたり、かと思うと、別の白いのが口にハモニカくわえて、じっとこちらを睨《にら》みかえしていたりするのだ。

わたしはぬかるみが乾上《ひあが》るまで学問した。その後は、長々と続く暑い埃《ほこり》だらけの道沿いにあった古い果樹園で、一ポンド二セント半の賃金で、さくらんぼを摘んだ。

さくらんぼ摘みのボスは、中年の女性で、正真正銘のオクラホマっ子*だった。だぶだぶの上っぱりを着て、名前はレベル・スミスといい、オクラホマでは〈プリティ・ボーイ〉フロイド*と知り合いだったという。「ある日の午後、〈プリティ・ボーイ〉が車でやってきてね。わたし、玄関へ駈け出しちゃったわよ」

レベル・スミスはいつも煙草《たばこ》を吸っていた。さくらんぼの摘みかたを教えたり、それぞれに木を割り当てては、スカートのポケットに入れた小さな手帳になんでもかんでも書きつけていた。煙草は半分まで吸って、残りは地面に投げすてた。

さくらんぼ摘みが始まって二、三日の間は、かの女の半分吸い残しの吸殻か、便所や木々の周辺、並木道沿いなど、果樹園じゅうに落ちていた。

しばらくすると、かの女は、さくらんぼ摘みの進行状態が悪いのを見て、五、六人の浮浪者を雇い入れた。レベルは毎朝どや街で浮浪者を集めると、錆《さび》だらけの古いトラックに乗せて果樹園まで連れてきた。だから果樹園にはいつも五、六人の浮浪者がいたが、顔ぶれがちがうこともあった。

浮浪者がさくらんぼ摘みに加わってからは、地面に半分吸いさしの煙草が落ちていることはもうなかった。地面に触れる間もなく、吸いさしは消えていた。今になって思えば、レベル・スミスは〈反水たまり主義者〉であった、といえるような気がする。しかし、いや、そうとはいえない、とも考えられるのである。

ソルト・クリークのコヨーテ

びょうびょうと、寂し気に、絶え間もなく——。谷間の羊の匂《にお》いのせいだ。この雨の午後、わたしはずっと、ソルト・クリークのコヨーテの鳴声に耳を傾けている。

谷間で草を食《は》む羊の匂いのせいなのだ。コヨーテの鳴声は生唾《なまつば》をためて、夏の別荘の前を通りすぎて、峡谷を下る。かれらの声は生きている羊の、死んだ羊の、すべての羊の骨の上を流れて山を下るクリークだ。

おお、ソルト・クリークにコヨーテぞ住むと、山道の立札に書いてある。札には、コヨーテ退治用に川沿いに仕掛けられた青酸加里カプセルに注意せよ。取って食してはならぬ。おまえがコヨーテでない限り。青酸加里は致死剤だ。触れるべからず、とも書いてある。

スペイン語で、もう一度同じことが書いてある。

¡AH! HAY COYOTES EN SALT CREEK, TAMBIEN. CUIDADO CON LAS CAPSULAS DE CIANURO: MATAN. NO LAS COMA; A MENOS QUE SEA VD. UN COYOTE. MATAN. NO LAS TOQUE.

ロシア語では書いてない。

バーで会った年寄りに、ソルト・クリークの青酸加里カプセルについて聞いてみたら、ピストルのような仕掛けになっているといった。引金のところにコヨーテの好きそうな匂い（おそらく雌コヨーテの性器だ）をつける。コヨーテがやってきて、くんくんやる。途端にドカアーン！　というわけさ、兄弟。

ソルト・クリークで釣ったら、小ぶりのすてきなドリー・ヴァーデン鱒《ます》*がかかった。斑点《はんてん》があって、宝石商の店にでもいそうな蛇のようにすらりとしていた。でも、しばらくすると、わたしはもうサン・クェンティンのガス室のことしか考えられなくなってしまった。

おお、キャリル・チェスマン！　アレグザンダー・ロビラード・ヴィスタ*！　なんとまあ、絨緞《じゅうたん》を敷きつめて、超最新の鉛管工事を施した寝室三部屋付の家屋が建ち並ぶ住宅地の地名みたいじゃないか。

国家事業としての死刑の苛酷《かこく》さは、列車が出て行ってしまうと、もう線路には歌声も聞こえない、線路には震動さえも伝わってこない、そういう苛酷さだ。忌《い》まわしい青酸加里の仕掛けで殺されたコヨーテの頭を切り落し、中身を刳《く》り出して、日に乾《ほ》して、冠をつくる。それから、歯を輪に連ねてその冠のてっぺんに飾ってやる。歯が美しい緑色光を放つように工夫するといい――。ソルト・クリークで釣りするわたしは、そう思った。

そうだ。証人や新聞記者やガス室勤務の役人たちは、コヨーテの冠をかぶった一人の王者が死ぬのを目撃することになる。ソルト・クリークから山肌を漂いおりてくる霧のように、ガス室にガスが立ちのぼるだろう――。ここではもう二日続きの雨だ。木立ちのむこう、心臓の鼓動がとまる。

せむし鱒《ます》

緑の木々がびっしりと生えていた。そのためにクリークは一万二千八百四十五基の高天井のヴィクトリア様式の公衆電話ボックスから扉をはずし、さらに壁をとり壊して、それを一列につなげたように見えたのだった。

そこへ釣りに行くたびに、わたしはそんな風には見えないのは百も承知で、それでもなぜか自分が電話修理員であるような気持になったものだ。釣道具をあれこれ担《かつ》いだ子どもにすぎないわたしだったが、そこへ行って鱒を二、三匹釣ると、わたしが公衆電話を維持してるのだと思えてきた。社会のために役立っていたのだ。

仕事はなかなか愉快だったが、ときには不安になった。空に雲が出て、太陽めがけてつき進むと、そこは一瞬にして闇《やみ》になった。そうなると釣りにも蠟燭《ろうそく》が欲しい、じぶんの反射神経に発光虫でも燈《とも》したくなる。

雨が降りだしたこともあった。暗いし暑い。湯気がもうもうと立った。もちろん、わたしは残業していた。でも、ついていた。十五分間に七匹の鱒が釣れた。

あそこの公衆電話の鱒たちは良い連中だった。六インチから九インチほどのカットスロート鱒*がたくさんいて、市内通話用として最適の、フライ用サイズだった。ときには十一インチもあろうというのもいて――これは長距離通話にもってこい。

カットスロート鱒は大好きだ。やつらは川底を突くようにして泳ぎまわり、それから大きくジャンプする。喧嘩《けんか》振りが見事じゃないか。喉《のど》の下に、〈切り裂きジャック〉の橙色《だいだいいろ》の旗をはためかせている。

クリークには、偏屈な鱒も二、三匹いた。声の便りもほとんど寄こさず、まるで公認会計士みたいだ。いつもそこにいることはいる。時にはそういうやつさえも釣り上げた。でぶで、体長と体の幅が同じくらい。こういうのは〈郷士〉鱒というのだそうだ。

クリークに行くには、ヒッチハイクで一時間かかった。近くには川もあった。でも、これは大したことはなかった。クリークこそ、わたしの勤め先だった。時計の上にタイムカードを置いておいて、帰宅時になると、またレコーダーでカードに記入したものだ。

せむし鱒を釣った午後のこと。

農夫がわたしをトラックに乗せてくれた。豆畑のそばの交通信号のところでわたしを拾い上げてくれたのだが、かれはとうとう一言も口をきかなかった。

停車してわたしを拾い、乗せて走る。かれにとって、これは納屋《なや》の扉を閉めたりするのとおなじで、機械的な動作だ。口をきく必要なんかない。いずれにしても、わたしが走りすぎる家並みや木立ち、視界に入ってきては出て行く鶏や郵便箱などを眺めつつ、時速三十五マイルで移動したことに変りはない。

しばらくすると、家並みが消えた。「ここで降ります」とわたしはいった。

農夫はうなずいた。トラックが止った。

「ありがとう」とわたしはいった。

農夫は声をたてて、メトロポリタン・オペラのオーディションにしくじるようなことはしなかった。もう一度うなずいただけだった。トラックが発車した。かれはユニークな沈黙の老農夫だった。

ややあって、わたしはクリークでタイムカードを入れた。時計の上にカードを置いて、電話ボックスの長いトンネルに入って行った。

七十三基ほどの電話ボックスを歩き渡った。そして、馬車の車輪みたいな小さな穴にいた二匹の鱒を釣った。その穴はわたしの気に入りで、いつでも一、二匹の鱒が釣れたのだ。

あの穴は鉛筆削りみたいだ。わたしが反射神経を差しこむと、先端がとがって戻ってくる。わたしは一、二年の間に、そこで五十四匹ほどの鱒を釣ったと思うが、穴の大きさは馬車の車輪ぐらいだった。わたしはいくらを餌《えさ》にして、一・二五ポンド・テストのティペットにサイズ十四のシングル・エッグ用釣針を使っていた。二匹の鱒が緑色の羊歯《しだ》の葉ですっかりおおわれたびくのなかに横たわっていた。羊歯の葉は公衆電話ボックスの湿った壁のせいで柔らかく脆《もろ》くなっていた。

ここの次に良い場所は、そこから電話ボックス四十五基ほど奥に入ったところにあった。藻で茶色くすべすべになった砂利の細流のはずれだ。流れは、小さな岩棚のところで途切れていた。岩棚には白色の岩がいくつかあった。

岩のひとつは、なんとなく異様だった。平らな白い岩だ。ほかの岩々から一つだけ離れて、子どものころに見た一匹の白猫のことを思い出させた。

白猫は、ワシントン州タコマの山沿いにあった高い木造の歩道から落ちたか、あるいは投げ落されたかしたのだった。猫は下の駐車場に横たわっていた。

落下して猫のからだは薄くなった。その後で、何人かが猫の上に駐車した。もちろん、これはもうずいぶん昔の話だから、自動車の形も現在とはだいぶ違っていた。今ではもう、ほとんど見かけなくなった、古い自動車だ。他の車に追いついていけないので、高速道路から姿を消す。

ほかの岩からひとつだけぽつんと離れて、平らな白い岩は、わたしにあの死んだ猫のことを思い出させて、一万二千八百四十五基の電話ボックスにはさまれ、クリークに横たわっていたのだ。

わたしはいくらを投げこんで、その岩のあたりに浮くままにしておいた。すると、それ！　すごい当りだ！　魚はかかったが、しきりに流れていこうとする。斜めに動いて、深いところで、じつに力強く引いている。重く、非妥協的に。と思うと、魚がはねた。一瞬わたしは蛙《かえる》かと思った。あんな魚は見たことがない。

畜生！　なんてことだ！

魚は再び深く潜り、わたしは釣糸を通して魚の生命から発するエネルギーが、怒鳴り返すようにわたしの手におしよせるのを感じた。釣糸が音になった。赤いライトを明滅させてわたしめがけて直進する救急車のサイレンみたいだった。やがて、それは遠ざかったかと思うと、今度は空気を震わせる空襲警報になった。

魚は、それからさらに二度三度と跳びはねたが、まだ蛙のように見えた。でも、脚がぜんぜんない。やがて疲労の色をみせて、ぐったりしたようだったので、わたしは魚を振り上げ、クリークの水面にさっと引き上げてから、網に入れた。

十二インチの虹鱒《にじます》だった。背に大きな瘤《こぶ》をつけていた。せむし鱒。はじめてだ。瘤は幼魚の時期にした怪我《けが》のせいか何かでできたのだろう。馬が踏みつけたのかもしれない。いや、ひょっとしたら、母親が橋梁《きょうりょう》工事の現場に産卵したのかもしれない。

立派な魚だった。デスマスクがとれたらどんなに良かったか。からだのそれではなく、エネルギーのデスマスクだ。かれのからだを理解できる者がいるかどうか、わたしにはわからない。わたしは魚をびくに収めた。

午後もおそく、電話ボックスの縁が暗くなり始めたころ、わたしはクリークを引きあげ家へ帰った。夕食に、そのせむし鱒を食べた。碾《ひ》き割りとうもろこしをまぶしてバターで焼いたら、瘤はエズメラルダのくちづけのように甘かった。

テディ・ルーズヴェルト悪ふざけ*

チャリス国有林は一九〇八年七月一日、シオドア・ルーズヴェルト大統領の命令によりつくられた……科学者によれば、二千万年の昔、この地域には、三趾の馬や駱駝、それにおそらくは犀も、多くいたということである。

ここに記すのはチャリス国有林におけるわたし自身の歴史である。わたしたちはマコールで、女房のモルモン教の親戚《しんせき》の家に立寄った。そこからロウマン経由で国有林に着いた。マコールでは〈霊魂の牢獄《ろうごく》〉のことをきいたのだが、ダック湖はどうしても見つからなかった。

わたしはあかんぼを抱いて山を登った。道標には一マイル半とあった。路傍に緑色のスポーツカーが停っていた。山道を行くと、緑色のスポーツカー・ハットをかぶった男と薄いサマー・ドレスを着た娘がいた。

娘のスカートは膝《ひざ》の上までめくれていたが、わたしたちがやってくるのを見ると、娘はドレスをおろした。男はズボンのうしろポケットに葡萄酒《ぶどうしゅ》を入れていた。葡萄酒は緑色の瓶に入っていた。瓶がうしろポケットから突き出ているのがおかしかった。

「〈霊魂の牢獄〉まで、あとどのくらいですかね」とわたしはたずねた。

「もう半分は来てますよ」と男はいった。

娘は微笑《ほほえ》んでいた。金髪だった。二人は山道をおりて行った。かれらは二個のしあわせなボールみたいにボンボンボンとはずんで、木々や丸石のあいだを下って行った。

わたしは大木の切株のうしろの穴にあった残雪の上にあかんぼをおろした。かの女は雪の上で遊んでいたが、やがて雪を食べはじめた。わたしは最高裁判所判事のウィリアム・O・ダグラスの著書にあったある文句を思い出した。**雪食うべからず。からだに害あり。腹痛を起すぞ。**

「雪なんか食べちゃだめ！」とわたしはあかんぼにいった。

娘を肩に乗せて、わたしは〈霊魂の牢獄〉への道を歩き続けた。モルモン教徒でない者はすべて、死んだら、そこへ行くのだ。カトリック教徒、仏教徒、回教徒、ユダヤ教徒、バプティスト、メソディスト、国際宝石泥棒連盟会員――みんなだ。モルモン教徒でない者たちは、死後は〈霊魂の牢獄〉行きなのだ。

標識には一マイル半とあった。初めのうちは道はわかりやすくついていたが、やがて消えてしまった。クリークの近くまできてからわからなくなってしまった。わたしはあちこち探しまわった。クリークの両岸を探してみたが、道はただもう消えてしまってないのだった。

それはわたしたちがまだ生きていたことと、なにか関係があるのかもしれない。よくはわからない。

引き返すことにして、山をおりはじめた。あかんぼは再びさっきの雪を見ると、手を雪の方にさしのべて泣いた。立ち止まる時間はない。日が暮れかかっていた。

車に乗りこみマコールまで戻った。その夜、わたしたちは共産主義について語りあった。モルモン教徒の娘が『裸の共産主義者』というソルト・レイク・シティの元警官によって書かれた本の一部を朗読してくれた。

女房がこの娘に、これは神の力の影響のもとに書かれたと思うか、この書物を宗教書の一種と考えるか、ときいた。

娘は「いいえ」と答えた。

マコールの町で、わたしは運動靴一足と靴下三足を買った。靴下には保証書がついていた。わたしは保証書をとっておこうと思ったのだが、ポケットに入れたらなくなってしまった。保証書には、もし三か月以内に靴下がどうかなったら新しい靴下がもらえるとあった。なかなかいい考えだと思えた。

古い靴下を洗ってから、その保証書をつけて送るように、ということだ。たちまち、包みの表にわたしの名をのせ、新しい靴下がアメリカ横断の旅に出る。すると、やがて、わたしは包みを開けて、あたらしい靴下をとり出して穿《は》けばいいわけだ。あたらしい靴下はわたしの足に良く似合うだろう。

保証書をなくさなければよかった。残念なことをした。新しい靴下が、わたしの一家の財産として残る可能性はなくなった。わたしはその事実に直面している。それというのも、保証書をなくしたせいだ。これで、来《きた》るべきわたしの子孫どもは、自活しなければならないことになってしまった。

翌日、つまり、靴下の保証書を失った日の翌日のことだが、わたしたちはマコールを発《た》って、ペイエットのノース・フォーク川の濁った流れに沿って下り、それからサウス・フォークの澄んだ水に沿ってのぼって行った。

ロウマンで車を止めて、いちごのミルクセーキを飲んで、それからクリア・クリーク沿いに行って山へ引きかえした。そこから頂上を越えてベア・クリークまで行った。

ベア・クリーク沿いの道には、始めから終りまで、木に札が釘《くぎ》で打ちつけてあって、札には、このクリークで釣りすると、ぶちのめされるぞとあった。ぶちのめされるのはいやだから、釣具は車から出さないでおいた。

羊の群が見えた。わたしのあかんぼは柔毛《にこげ》の生えた動物を見ると、きまってある特別な声を出す。かの女の母親とわたしが裸でいるのを見ると、やはりその声を出す。かの女がその声をたてるなかを、わたしたちは雲から脱け出る飛行機のように、羊の群のなかを走りぬけた。

娘のその声から五マイルも行くと、チャリス国有林に入った。ヴァリー・クリーク沿いに車を走らせていると、初めて鋸歯山《ソー・トゥース》が見えてきた。雲がかかっていて、雨になるだろうと思った。

「スタンレーじゃ雨だな」とわたしはいったが、実はスタンレーに行ったことなど一度もなかった。一度も行ったことがない場合、スタンレーについてあれこれいうのはやさしい。ブル・トラウト湖への道があった。道はよさそうだった。スタンレーに着くと、道路が白っぽく乾燥して、小麦粉の袋を満載したトラックがものすごいスピードで共同墓地に衝突した事故現場のような感じだった。

スタンレーで一軒の店に立寄った。わたしはチョコレートを一枚買って、キューバの鱒《ます》釣りはどんなものかとたずねた。店の女は「死んじまえ、アカのろくでなし」といった。わたしは所得税申告に使う目的で、チョコレートの代金の受領証をもらっておいた。

十セントの控除というわけだ。

その店では、釣りについて得るところはなにもなかった。店員たちはいやにそわそわして落着かず、とくに、オーバオールを畳んでいた若い男はひどかった。まだあと百本ほど畳む分が残っていて、ひどく落着かない。

レストランで、わたしがハンバーガー、女房がチーズバーガーを食べたが、あかんぼは世界大博覧会の蝙蝠《こうもり》みたいに、円を描いて走りまわっていた。
十二、三歳ぐらいに見える少女がいた。十歳だったかもしれない。口紅をつけていて大声で話し、男を意識してるみたいだった。食堂の前のポーチを掃いていたが、かなり楽しそうだった。
少女は中に入ってくると、わたしのあかんぼを相手に遊んだ。とても上手にあやしていた。あかんぼに向うと、かの女の声は低くやさしくなった。少女は父親が心臓発作を起して以来、寝たきりだと話した。「起きてね、働いたりできないのよ」といっていた。

わたしたちはまたコーヒーを飲んだ。わたしはモルモン教徒たちのことを考えていた。かれらの家でコーヒーを飲んで別れを告げて出発したのは、まだその日の朝のことだった。

あの家のコーヒーの匂《にお》いは、まるで蜘蛛《くも》の巣みたいだった。とうてい、ほのかな香りとはいえなかった。宗教的な瞑想《めいそう》、ソルト・レイクの町の教会活動、イリノイ州やドイツで古文書に死んだ親戚の者たちの名を探し出す仕事*など、そういうことに似合う香りではなかった。

モルモン教徒の女主人は、ソルト・レイクの教会で結婚式を挙げたとき、式の直前に手《て》頸《くび》を蚊に刺され、すっかり腫《は》れあがってしまって、ひどい目にあったと話していた。レースを透かして、目の見えないひとが見たってわかったわね。ほんとうに面喰ってしまったわ。

ソルト・レイクの蚊に刺されると、きまってひどく腫れあがる、そうかの女はいった。去年、親類の死者のために教会で仕事をしていたら、蚊に刺されて、からだ全体が腫れあがった。「とっても恥ずかしかったわ」とかの女はいった。「風船みたいになっちゃったんですもの」

わたしたちはコーヒーを飲んでしまうと、レストランを出た。スタンレーでは雨など一滴も降っていなかった。もう、日没まで一時間。

スタンレーからほぼ四マイル、ビッグ・レッドフィッシュ湖まで行って、湖の様子をしらべた。ビッグ・レッドフィッシュ湖は、アイダホ州のキャンプ場のなかでもいわばフォレスト・ローン*級のもので、なにもかもきわめて便利にしつらえてある。キャンプしている人たらが多勢いた。もうずいぶん長いこと滞在している様子の人々もいた。

わたしたちは、ビッグ・レッドフィッシュ湖でキャンプするには若すぎると思った。それに、一日五十セントも取られる。一週間だと、どや街の宿屋なみに、二ドルも取られる。それに混みすぎてる。廊下にはトレイラーやキャンピング・カーがあふれてる。ニューヨークからやってきた家族などは、十部屋つきのトレイラーを止めていた。これではわたしたちはエレベーターに近よることさえできやしない。

三人の子どもが、ラムネを呑《の》みながら、一人の老婆《ろうば》の脚をつかんで引き摺《ず》って行った。老婆の脚はまっすぐに突き出て、つっぱったままだ。尻《しり》が絨緞《じゅうたん》の上でどしんどしんと音をたてた。子どもたちはかなり酔っていたが、婆《ばあ》さんとて、素面《しらふ》というわけでもなかった。「南北戦争、ふたたび、起これい。あたしゃ、おまんこしたるでえ！」などとわめき散らしていた。

わたしたちはリトル・レッドフィッシュ湖までおりた。キャンプ場は、なんだかさびれていた。ビッグ・レッドフィッシュ湖はあれほど混雑していたのに、リトル・レッドフィッシュ湖ときたら、まるでだれもいない。おまけに無料だ。

このキャンプ場のどこが悪いのだろうか、とわたしたちは考えた。おそらく、キャンプ病、つまりキャンプ用具や自動車、そして性器にいたるまで古い船の帆のようにぼろぼろにしてしまう怖《おそ》ろしい疫病《えきびょう》が、ほんの二、三日前にここを襲ったのだ。まだここに残っているのは、なんの分別もない愚かな人々なのかもしれない。

わたしたちは大喜びで、この一団に加わった。このキャンプ場からの山々の眺めはすばらしい。わたしたちは湖のほとりに、とてもいい場所を見つけた。

第四ユニットにはかまどがあった。セメント・ブロックの上に乗った四角の金属の箱だ。この箱の上方に、ストーブ・パイプがのびていたが、弾痕《だんこん》は見当たらない。わたしは驚いた。アイダホ州で見たキャンプ場のかまどは、ほとんどいつも弾痕だらけだったのだ。機会があれば、森の中の古いかまどを撃ってみたいと思うのも人情じゃないかと、わたしは思う。

第四ユニットには、おかしな四角レンズの、ベンジャミン・フランクリン風の古めかしい眼鏡みたいなベンチが打ちつけになった大きな木のテーブルがあった。鋸歯山《ソー・トゥース》に面して、わたしは左眼のレンズにすわった。乱視のように、*わたしはゆったりと腰をおろした。

「ネルソン・オルグレン宛《あて》〈アメリカの鱒《ます》釣りちんちくりん〉を送ること」
に補足して

さて、さて、〈アメリカの鱒釣りちんちくりん〉が町に戻ってきたそうだ。しかし、今度は前のようにはいくまい。〈アメリカの鱒釣りちんちくりん〉は有名になってしまった。良き日々はもう過去のこと。映画があいつを見出《みいだ》したのだ。

先週、《新しい波》があいつを車椅子《くるまいす》からひきずりおろして石畳の路地に横たえた。そして、いくらか撮影した。あいつが怒り狂って喚《わめ》いたので、それもフィルムに収めた。

あとから、きっと吹き替えの声を入れるんだな。人間の人間に対する非人間的仕打ちを、きっぱりと糾弾する気高く雄弁な声を。

『アメリカの鱒釣りちんちくりん・わが愛*』

「かつておれは〈きりぎりすニジンスキー〉*としてアメリカ全土にその名を知られた借金取立人であった。おれは何でも最高のものを手に入れたもんだったぜ。どこへ行っても、金髪の娘たちがついてまわってよお」あいつのそんな独白で始まるんだ。かれらは空っぽのズボンの脚と低い予算から、ありったけのミルクを搾《しぼ》り出して、クリームやバターを作るだろう。

でも、わたしはまったくまちがってるかもしれない。撮影されていたのは、『宇宙人・アメリカの鱒釣りちんちくりん』という新しいＳＦ映画の一場面だったかもしれないのだ。科学者たる者、いかなる場合も断じて神の役割を演じてはならない、というテーマで、最後のシーンでは城が炎上すると、暗い森を通って多勢の人たちが家路を辿《たど》る。そんな安っぽいスリラー映画だったかもしれない。

スタンレー盆地ではプディングで勝負

樹木、雪、岩。湖の向うの山は永遠を約束していた。けれども、湖そのものには、岸近くまで泳ぎ寄ってマック・セネット風の時間をすごす無数の愚かしい雑魚《ざこ》が充満していた。

雑魚はアイダホ名物だ。国立記念碑にでもされるべきだ。みずからの不滅性を信じこんで、まるで子どもみたいに、岸のすぐ近くまでやってくる。

モンタナ大学工科の三年生が雑魚を釣ろうとしていたが、やりかたが全然なってない。七月四日の独立記念日の週末にやってきた子どもたちもそうだった。

子どもたちは湖水に入ると、雑魚を手で捕えようとした。牛乳のカートンやビニール袋なども使っていた。湖に対して示された何時間もの努力。収穫はたった一匹の小魚。それも、テーブルの上に置かれた、なみなみと水が入った缶からとび出して、水を求めて喘《あえ》いだきり、テーブルの下で死んでしまった。子どもたちの母親がコールマン・ストーブで卵を焼いている間の出来事だった。

母親は謝った。かの女が魚の番をしてることになっていたのだ。死んだ魚を、尾を持ってさげて、**これはわたしのあやまちです**。アドレイ・スティーヴンソンの話をする若いユダヤ人のコメディアンみたいに、魚は深く深くお辞儀する。

モンタナ大学工科二年生はブリキの缶を手に入れると、それに念入りなデザインで穴をあけた。消火栓を口にくわえた犬がぐるぐるとまわっているようなデザインだ。それから缶に紐《ひも》をつけて、中に巨大ないくら一個とスイスチーズ一片を入れた。二時間にわたる個人的にして普遍的な失敗のあと、かれはモンタナ州ミズーラへ帰って行った。

わたしと旅する女は雑魚を捕える最良の方法を見つけた。底にバニラ・プディングのついている大きなフライパンを使ったのだ。かの女が湖岸の浅瀬にこのフライパンをつけると、たちまち何百という雑魚が集ってきた。やがて、バニラ・プディングの催眠術にかかって、魚たちはフライパンの中を子ども十字軍のように泳いだ。かの女はさっと一掬《ひとすく》い、二十四の魚を捕えた。魚がたくさん入ったフライパンを岸辺に置くと、あかんぼはそれから一時間も、魚と遊んでいた。

わたしたちはあかんぼが軽く魚に触わるだけにするように見守っていた。娘はまだ幼いのだから、魚を殺したりして欲しくないと思った。

柔い毛をした動物を見たときにたてる声のかわりに、娘はいちはやく動物と魚の違いに適応して、まもなく銀色の声を上げた。

娘は片手で魚を一匹捕まえて、しばらくじっと眺めていた。わたしたちはかの女の手から魚を取りあげてフライパンに戻した。まもなく娘はじぶんで魚を戻すようになった。

これに飽きてしまうと、今度はフライパンを傾けた。十四ばかりの魚が岸辺でばたばたはねた。子どもの遊びと銀行家の遊び——。娘は銀色のものを一匹ずつ取りあげては、またフライパンに戻した。まだ少しばかり水が残っていた。魚はそれが気に入った。明らかに嬉《うれ》しそうにしていた。

娘が魚に飽きてしまうと、わたしたちは湖に帰してやったが、魚たちは結構元気だった。ただ、そわそわと落着かなかった。かれらが再びバニラ・プディングを欲しがることもないだろう。

〈アメリカの鱒《ます》釣りホテル〉二〇八号室

　ブロードウェイとコロンバス街の角から半ブロックばかり行くと、〈アメリカの鱒釣りホテル〉がある。安宿だ。たいへん古いもので、中国人が経営している。若く野心的な中国人たちで、ロビーにはライソル〔消毒用洗剤〕のにおいが漂っている。ライソルのにおいは詰め物した長椅子《ながいす》に腰をおろし、泊り客面《づら》して『クロニクル』紙のスポーツ欄を読んでいる。この長椅子は、わたしが今までに見た家具のうちでも、あかんぼの離乳食のように見える唯一《ゆいいつ》の例だ。

　そしてライソルのにおいは、時計の重い音に耳を傾け、永遠なる黄金のパスタ料理やスイート・バジルやイエス・キリストを夢想する年老いたイタリア人の年金生活者の隣で眠りこける。

中国人の経営者たちは、いつも何かしらホテルに手を入れている。先週は手摺《てすり》にペンキを塗っていたかと思うと、今週は三階の一部に新しい壁紙を貼《は》ったりしている。三階のその個所は、なんど通っても、壁紙の色とデザインがどんなだったか、どうしても思い出せない。壁紙が新しくなっていたことしか思い出せない。古い壁紙とは確かにちがっていた。でも、古い壁紙のほうも、どんなだったかは思い出せない。

ある日、中国人が一室から寝台を運び出して壁にたてかけておく。すると寝台はひと月もそのままになっている。そのままになっている寝台にこっちが馴《な》れっこになったころ、ある日行って見ると、なくなっている。どこへ行ったのかと、考えてしまう。

初めて〈アメリカの鱒釣りホテル〉へ行った日のことを思い出す。ある人たちに会うために、友人と行った。

「どんな風かというとな」と友人がいった。「女の方は元売春婦で、今は電話会社に勤めてる。男の方は大恐慌《だいきょうこう》のころ医学校へちょっと行ってから、ショウ・ビジネスに入ったのさ。そのあとは、ロス・アンジェルスで堕胎病院の使い走りをやっていた。それで捕まって、サン・クェンティンにもしばらくいたのさ。

きっと二人ともきみの気に入ると思うよ。いいやつらだ。

かれは三年ほど前に、ノース・ビーチでかの女に会った。そのとき女は、黒人の女《ぜ》衒《げん》のために売春してた。でもちょっと変なんだ。だいたい、女には娼婦《しょうふ》の素質があるもんだが、この女にはその傾向がまるっきりない。きわめて稀《まれ》な例だよ。あ、そうそう、女はニグロだよ。

かの女はオクラホマの農場の娘だった。まだ十代だった。ある日の午後、女衒が車で通りかかって、少女が家の前庭で遊んでいるのを見たのさ。かれは車を停めて降りてきて、しばらく少女の父親と話していた。

きっと父親にいくらか金をやったんだね。うまいことといってさ。父親は娘に、荷物をまとめろ、といったのさ。そうやって娘は女衒と出発した。そんな風にあっけなくな。

男はかの女をサン・フランシスコへ連れてきて商売させた。女はとてもいやがった。男は脅し続けて商売させた。ひでえやつだ。

女はオツムのほうは悪くないから、男は昼間は電話会社で働かせて、夜になると売春させた。

アートがこの女を男の所から連れ去ると、かれは相当いきり立ったね。いいたまだったんだからねえ。真夜中にアートのホテルの部屋に殴り込みをかけては、アートの喉元《のどもと》にとび出しナイフを押しつけて、喚《わめ》き立て脅したものだ。アートはそのたびに、ドアにますます大きな錠前を付け足したんだが、女衒はそれでも押込んできた。図体《ずうたい》のでかいやつでさ。

アートは三二口径のピストルを買った。つぎに女衒が押入ったときに、毛布の下から銃をとり出し、女衒の口につっ込んでいった。きさま、今度ここの敷居またいだら、命はねえぜ。これで女衒は参ってしまった。それっきりこない。確かに、いいたまをなくしたよ。

それから女衒は女の名で二千ドルほどつけで買物した。だから、ふたりでまだその分を払い続けているんだよ。

ピストルは寝台のそばにちゃんと置いてある。女衒が急に記憶喪失にでもなって、葬儀社で靴を磨いてもらおうなんて気になるといけないからね。

二人の部屋に行ったらね、男のほうはワインを呑《の》むよ。女はワインは呑まない。小さなブランデーの瓶を持ってるんだ。人には絶対にすすめない。一日に四瓶ぐらい呑んじゃう。五分の一ガロン瓶は買わないでさ、何度でも出かけて行って、半パイント瓶を買ってくるんだ。

そんな女さ。お喋《しゃべ》りじゃないし、ヒステリーも起さない。きれいな女だよ」

わたしの友人が扉を叩《たた》くと、誰かが寝台から立ちあがって扉の方へやってくるのが聞こえた。

「誰？」と扉の向うで、男がいった。

「おれだよ」とわたしの友人が低い、名前と同様に特徴的な声で答えた。

「扉を開けるよ」シンプルな平叙文。かれが百にものぼると思われる錠前、かんぬき、鎖、錘《おもり》、鉄釘《てつくぎ》、劇薬のしこみ杖《づえ》などをはずすと、偉大な大学の教室のように扉が開いた。何もかもあるべきところにある。――寝台のそばにはピストル、魅力的な黒人女のそばにはブランデーの小瓶。

部屋には花や植木がたくさんあった。古い写真に囲まれて、化粧台の上にもいくつか置かれている。写真はすべて白人のそれで、アートの若いころの、ハンサムで、とても三〇年代的な感じがするのも混じっている。

雑誌から切り抜かれた動物の写真が鋲《びょう》で壁に止めてある。クレヨンで縁を施されて、クレヨンで画《か》いた針金で壁に掛かっている。小猫と小犬の写真ばかりだ。なかなかいい写真だ。

寝台の脇のピストルの隣に、金魚鉢があった。金魚とピストルはそうやって並んで、何と厳《おごそ》かに、そして親密に見えたことか。

二人は〈二〇八〉という名の猫を飼っていた。二人が洗面所の床に新聞紙を敷きつめておくと、猫は新聞紙の上に糞《ふん》をする。わたしの友人は、〈二〇八〉は子猫時代このかた全然他の猫を見たことがないので、自分はこの世で最後の猫だと思っているといった。二人は決してこの猫を外へ出さない。赤猫で、ひどく攻撃的だ。遊んでやると本気で噛《か》みついた。毛を撫《な》でてやったりすれば、柔らかな消化器がいっぱい詰った腹か何かに喰いつくようにして、こっちの手を噛み切ってしまうだろう。

わたしたちは腰をおろすと一杯やって、本の話などをした。アートはかつてロス・アンジェルスにかなりの蔵書を持っていたが、いまはもうない。ショウ・ビジネスの世界にいた頃には、アメリカじゅう、町から町へと旅をしたが、古本屋で古書や稀覯《きこう》本《ぼん》を買って暇つぶししたものだと話した。その中の何冊かは、非常に珍しい署名入りの本だったが、とても安く手に入れて、そして安く手放すはめになったのだった。

「いまじゃ、すごい値打ものだろうにな」とかれはいった。

黒人の女はブランデーを呑んで、静かに坐《すわ》っていた。何となく感じの良いいいかたで、一、二度「ええ」といった。これといった意味もなく、ほかの言葉との関連もないようないいかたで、「ええ」という言葉をとても上手に使うのだ。

二人はこの部屋で料理をしたが、コーヒーの空缶に植えられた桃の木などを含めて、十本あまりの植木と並んで、床の上に電熱器がたった一台あるだけだった。押入に食料品がどっさり。シャツや背広やドレスと一緒に缶詰や卵や料理油などが入っていた。

わたしの友人は、かの女は料理がうまいといった。おいしい食事、洒落《しゃれ》た料理を、その桃の木の隣にある一台の電熱器で作るのだと。

二人の生活はうまく行っていた。男のほうはとても低いやさしい声をして礼儀正しかったので、金持ちの精神病患者の付き添い看護士として働いた。仕事をしているときは収入はよかったが、時々じぶんの具合が悪くなった。かれは人生に疲れているようなところがあった。女は今でも電話会社で働いていたが、夜のつとめはやめた。

二人は女衒のつけをまだ払っていた。もう何年もたったのに、いまだに払いつづけていた。キャデラックやハイ・ファイや高価な服のつけ。黒人の女衒が欲しがる品物ばかりだ。

――最初の訪問の後、わたしはそこへ五、六度行った。面白いことがあった。わたしは猫〈二〇八〉は、二人の部屋番号をとって名づけられたのだと考えたかった。ところが、部屋番号は二〇〇台だとわかっていた。なぜかといえば、部屋は三階にあったから。簡単なことだ。

数字による配置に頼らずに、常に地理を頼りに、わたしは〈アメリカの鱒釣りホテル〉のかれらの部屋へ行った。正確な部屋番号は結局知らなかった。三〇〇台であることは密《ひそ》かに知っていたが、そこまでだった。

いずれにしても、猫の名は部屋番号をとってつけられたと考える方が、わたしの気持が休まった。いい考えだと思えたし、猫が〈二〇八〉という名前をもつ理由としても筋がとおっていた。もちろん、本当はそうではなかった。嘘《うそ》だった。猫の名は〈二〇八〉で、部屋番号は三〇〇台だった。

〈二〇八〉という名前はどこからきたか。どんな意味があるのか。そのことを、じぶんにさえ内証でこっそり考えてみた。けれども、考えすぎてもよくないので、ほどほどにしておいた。

一年後に、全くの偶然から、〈二〇八〉の本当の意味を知ることになった。山々に陽光かがやくある土曜日の朝、電話が鳴った。親しい友人からで、かれはいった。

「おれパクられちゃったんだよ。もらい下げに来てくれないかな。酔っ払い用ブタ箱のぐるりで、やつら黒い蠟燭《ろうそく》燃してるんだよお」

友人を保釈で出してもらうために裁判所へ行った。そこで、〈二〇八〉は保釈関係の事務を扱う部屋番号であることを発見した。簡単だった。十ドルで友人を助け出して、〈二〇八〉の始源の意味を理解したのだ。〈二〇八〉は山腹を下る雪どけの水のように、一匹の小柄な猫のところまではるばる流れていったのだった。久しく猫を見かけないので、自分を地上最後の猫だと思い込み、怖《おそ》れも知らず、洗面所には新聞紙が敷きつめられていて、電熱器の上では美味《うま》そうなものが煮えている〈アメリカの鱒釣りホテル〉に暮らす一匹の猫のところまで、それは流れていったのだった。

外科医

わたしは暁の最初の光、あるいは日の出の最初の光のように確実に、リトル・レッドフィッシュ湖でのわたしの一日が始まるのを見守っていた。もっとも、暁も日の出もとっくにすぎて、もう午前も終りかけていた。

外科医はベルトにつけた鞘《さや》からナイフを抜いて、ナイフの切れ味のもの凄《すご》さを詩的に示すかのように、ひどくもの柔らかな動作で石斑魚《うぐい》の喉《のど》を切った。それから、魚を湖に投げ返した。

石斑魚はぎごちなく死のはね水をあげると、**通学路時速二十五マイル**など、この世のあらゆる交通規則を遵守《じゅんしゅ》しながら、湖の冷たい水底に沈んでいった。雪をかぶったスクールバスみたいな白い腹をみせて、底に横たわっていた。一匹の鱒《ます》が泳ぎ寄って、しばらく眺めていたが、やがて行ってしまった。

外科医とわたしは全米医療連合について話していた。なんでまたそんな話になったか、覚えていないが、ともかく話していたのだ。かれはナイフを拭《ふ》いて鞘に収めた。わたしは本当になぜ全米医療連合の話なんかになったのか、全然覚えていないのだ。

外科医は、医者になるのに二十五年もかかったといった。かれの修学の課程は大恐《だいきょう》慌《こう》と二度の大戦によって中断された。アメリカで医療が社会化されるようなことになったら医者はやめるといった。

「わたしはね、一度だって患者を断ったことはないしね、断ったことがある医者がいると聞いたこともないね。去年は六千ドルの見込みのないツケを棒引きにしたよ」

わたしは、どんなことがあっても、病人を見込みのないツケなどと呼ぶべきでないといおうかと思ったが、やめた。リトル・レッドフィッシュ湖の岸辺で何事かが証明されたり変革されたりすることはないのだ。それに、すでにあの石斑魚が経験ずみのように、そこは美容整形にふさわしい場所ではなかった。

「三年まえにユタ州南部で健康保険制度を持っていた組合に雇われたんだ」と外科医はいった。「ああいう条件のもとじゃ、医者なんかしたくないね。患者は医者を、医者の時間を所有してると思ってるよ。やつらは医者はじぶんのゴミ箱だと考えてるんだ。

家で夕食してると、電話が鳴る。助けてくれえ！　ドクター！　死にそうだっ！　腹がおかしい！　激痛なんだ！　食卓を立って、急いで行ってみる。

男は戸口で缶ビール片手にわたしを迎えるって寸法さ。やあ、やあ、センセイ、まあ入りなさいよ。ビールでもやってください。いまTV見てるんですよ。痛みはとれました。凄いでしょ。もうピンピンしちゃってますよ。坐《すわ》ってくださいな。ビールもってきますからね、センセイ。エド・サリヴァン・ショウやってますよ」

「いやなこったね」と外科医はいった。「そんな情況で医者をやるのはいやだ。ごめんこうむるね。まっぴらだ」

「猟が好きだし釣りも好きだ」とかれは続けた。「だからツイン・フォールズへ引越した。アイダホ州じゃ猟と釣りがいいって、すごくいろいろ聞いてたからね。でも、期待はずれさ。医者をやめて家も売って、今は落着く先を探してるんだ。

狩猟と釣りに関する規則について、モンタナ、ワイオミング、コロラド、ニュー・メキシコ、アリゾナ、カリフォルニア、ネヴァダ、オレゴン、それにワシントンの各州にそれぞれ問いあわせの手紙を書いてね。全部読んでみてるんだよ」とかれはいった。

「猟と釣りに適した水住の土地を求めて、六か月間旅行して歩く金はある。今年の働かない分に対しては、千二百ドルの所得税還付金がもらえるからね。働かないことに対して月二百ドルってわけだ。この国はじつに変だよ」とかれはいった。

外科医の妻と子どもたちは近くのトレイラーの中にいた。トレイラーは、新車のランブラーのステイション・ワゴンに引かれて、前の晩に着いた。かれには二歳半の男の子と、未熟児で生まれたがもうほぼ正常な体格になったもう一人と、二人の子どもがいた。

外科医は、十四インチのブルック・トラウトを釣ったビッグ・ロスト・リヴァーでのキャンプのあとここへやって来たと話していた。頭髪はだいぶ薄かったが、若々しかった。

その後しばらく話してから、わたしは別れを告げた。わたしたちはその午後、アイダホ原生林のはずれにあるジョセファス湖へ出発することになっていた。そして、かれは、しばしば、幻想の内にしか見出《みいだ》すことのできない地平、アメリカに向って旅立とうとしていたのだった。

目下アメリカ全土で大流行のキャンプ熱について一言

コールマン社製ランタンは、アメリカ中の森林に燃える、その不浄の白色光をもって、目下アメリカで大流行のキャンプ熱のシンボルとなった。

去る夏のこと、サン・フランシスコのとあるバーで、ノリス氏なる人物が酒を呑《の》んでいた。日曜日の夜のことで、かれはすでに六、七杯きこし召していた。隣のスツールの男に向って、かれはいった。「何してるんだね?」

「一杯ひっかけてるんだよ」と男は答えた。

「おれもそうなのさ」とノリス氏はいった。「好きでね」

「わかるよ」と男はいった。「三年ほど、おれは止められてたんだ。またやり始めてるところさ」

「どこが悪かったんかね」とノリス氏。

「肝臓に穴があいちゃったってさ」と男。

「肝臓に？」

「そうさ。医者は、その中で旗が振れるほど大きい穴だといってたね。もう大分いいんだ。時々、一、二杯やってもいいんさ。止められてるけど、でも、それで死んだりはしないからね」

「おれはさ、三十二歳だけどね」とノリス氏がいった。「いままでに三人女房を替えたんだが、じぶんの子どもの名前が思い出せないんだよ」

隣のスツールの男は、隣島の小鳥みたいだ。スコッチ・アンド・ソーダをちびりと舐《な》めた。男はじぶんの呑物に入ったアルコールの音が気に入った。カウンターにグラスを戻すと——

「そんなこと、簡単さ」とノリス氏にいった。「過去の結婚でできた子どもたちの名前を思い出すには、キャンプに行くことだ。鱒《ます》釣りをやるといいよ。鱒釣りは子どもの名前を思い出すには一番だねえ」

「そうかね」とノリス氏。

「そうさ」と男。

「名案かもしれないな」とノリス氏はいった。「なんとかしないとね。ときどき、一人はカールっていう名前じゃなかったかと思うんだけど、でも、絶対そんな筈《はず》はないんだよ。三人目の女房は、カールって名が大嫌いだったからね」

「キャンプして、鱒釣りやるんだ」と隣のスツールの男がいった。「すると、生まれてこなかった子どもたちの名前を思い出すよ」

「カール！　カール！　かあさんが呼んでるよ！」と冗談でノリス氏は怒鳴ってみたが、それがそんなにおかしくないことに気がついた。だんだん思い出してきたのだ。

かれはあと一、二杯やるだろう。そうするときまって、かれの頭は前のめりに落ちて、銃弾のようにカウンターを打つのだ。でも、決してグラスにはあたらない。だから顔を切ったりすることはない。その後は、きまって、かれの頭がヒョイとあがったかと思うと、びっくりしたようなようすでバーをみまわす。みんなが顔をじっと見てる。そうなるとかれは立ちあがって、その顔を家へ持って帰るのだ。

翌朝、ノリス氏はスポーツ用具店へ行って、種々の道具をつけで買った。九フィート×九フィートの中央柱がアルミになっている艶《つや》消し仕上げのテントをつけで買った。それから、けわたがもの綿毛入り北極印寝袋とエア・マットレス、寝袋と一緒に使う空気枕《まくら》をつけで買った。夜寝ては朝起きるということも考えて、空気目覚し時計もつけで買った。

バーナーがふたつついたコールマン・ストーブとコールマン灯、折畳み式アルミニウム卓子、アルミニウム料理用具の重ね合わせ大セット、さらに携帯用冷蔵庫もつけで買った。

最後のつけの買い物は釣具と防虫剤一缶だった。

翌日かれは山に向った。

長いことかかって、やっと山に到着した。最初に寄った十六のキャンプ場はものすごく混んでいた。やや意外だった。山がそんなに混んでいるとは予想していなかったのだ。

十七番目のキャンプ場では、一人の男が心臓発作で死んだばかりのところで、救急隊員たちが死んだ男のテントを畳んでいた。かれらは中央の柱を低くしてから、隅々の杭《くい》を抜いた。それから、テントをきちんと畳んで、救急車の後部、男の屍体《したい》のすぐそばに積み込んだ。

かれらは輝く白色の埃《ほこり》のひとかたまりを大気中に残して、道を下って行った。埃はコールマン灯の明りに似ていた。

ノリス氏はそこにテントを立てると、すべての用具を配置して、早速そのすべてを利用した。袋入り乾燥ビーフ・ストロガノフを食べてしまうと、マスター空気スイッチであらゆる設備の電気を消して眠りについた。もう暗くなっていたのだ。

連中が屍体を運んで来てテントの横、つまりノリス氏が北極印寝袋に眠る場所から三十センチも離れていないところに置いたのは、真夜中のことであった。

連中が屍体を運んで来たとき、かれは目を覚ました。連中はこの世でもっとも静粛なる屍体持参人というわけではなかった。ノリス氏はテントの横腹に屍体のでっぱりが触れているのを見た。かれと屍体を分つのは、まさに、防水防黴《ぼうばい》**艶消し仕上げ**の緑色**アメリフレックス**六オンスポプリンの薄いひと皮だけだった。

ノリス氏は寝袋のジッパーをおろすと、猟犬かと見まがうほどの巨大な懐中電灯を手にして、外へ出た。屍体持参人たちがクリークの方角に向かって歩いて行くのが見えた。

「おい、あんたら！」とノリス氏は怒鳴った。「戻ってこいよう。忘れものだっ！」

「どういうことかね？」と一人がいった。二人とも、懐中電灯の歯に嚙《か》みつかれておどおどしている。

「わかってるはずだがね」とノリス氏はいった。「さっさとしろよ！」

屍体持参人たちは肩をすくめ、互に目配せすると、子どものように足を引き摺《ず》って、ぐずぐず戻って来た。二人は屍体を持ちあげた。重くて、一人はなかなかうまく足が持てない。

そっちの方が絶望したような声でノリス氏にいった。「見逃してくれませんか」

「おやすみ、あばよ」とノリス氏はいった。

二人は屍体の両端を持って、クリークに向って道をおりた。ノリス氏が懐中電灯を消すと、岩などにつまずいたりしてドタドタとクリーク沿いを行く二人の足音が聞こえた。罵《ののし》りあう声もした。一人が、「おい、ちゃんと持ち上げてろよっ」といっていた。それっきりでもう何も聞こえなくなった。

それから十分もたったろうか。クリークの下流にあるキャンプ場であちこちに明りの点《とも》るのが見えた。遠い声が怒鳴っていた。「答はノーだ！　子どもたちが起きちまったじゃないか。子どもは寝なくちゃならんのだ。明日はな、フィッシュ・コンク湖まで四マイルの遠足なんだ。どこかよそへ行ってくれ」

本書の表紙への帰還

親愛なる〈アメリカの鱒《ます》釣り〉様

ワシントン広場であなたの友人のフリッツに会いました。かれはわたしに、かれの事件が陪審にかけられ放免になったと、あなたに伝えてくれといいました。

かれはかれの事件が陪審にかけられ放免になったとあなたに伝えるのは重要だといいました。だから、わたしはこうして繰返しいうのです。

かれは元気な様子でした。日向《ひなた》ぼっこしていました。サン・フランシスコの諺《ことわざ》にこんなのがあります。——「ワシントン広場でぶらぶらしているほうが、カリフォルニア州成人課（州政府管轄の留置場）の世話になるよりずっといい」

ニューヨークはどうですか？

〈熱烈なる崇拝者〉より
敬具

親愛なる〈熱烈な崇拝者〉殿

フリッツが監獄でないときいて嬉《うれ》しい。かれはかなり心配してたようだったからね。わたしがこの前サン・フランシスコにいたとき、かれは無罪になる可能性は十に一だと思うといっていた。わたしは良い弁護士を雇えよ、といったんだ。忠告に従ったようだが、運も良かったんだな。常にこの二者の結びつきが物をいうんだ。

ニューヨークはどうかということだが、ニューヨークは暑い。

わたしは友だちのところにいる。若い泥棒とその妻だ。

男は失業中なので、妻がバーで働いてる。男はずっと就職口を探してるが、望みはないと思うね。

昨夜、あんまり暑かったもんで、少しは涼しくなるかと思って、濡《ぬ》れた敷布をからだに巻きつけて寝たよ。瘋癲《ふうてん》になったみたいな気持がしたよ。

真夜中に目を覚ますと、部屋は敷布から立ち昇る湯気でモウモウとしていた。床や家具の上には、棄《す》てられた装備だとか熱帯の花だとかジャングルに見るような物が散乱していた。

わたしは敷布を風呂場《ふろば》まで運んで、風呂桶《おけ》に投げ込み、その上に冷水を流した。するとそこへ、この家で飼ってる犬がやってきて、わたしに向って吠《ほ》えたてた。

犬があまりひどく吠えるんで、たちまち風呂場は死人でいっぱいになった。その中の一人など、わたしの濡れた敷布を経かたびらにしたいといい出す始末だった。わたしが断ると、ひどい口論になって、隣のアパートのプエルトリコ人たちが目を覚まして壁をドンドン打ったのさ。

死人たちは皆カッカと腹を立てて帰って行った。「邪魔にされると、すぐわかる」と一人がいった。

「図星だよ」とわたしはいってやった。

もうたくさんだ。

ニューヨークを離れる。明日はアラスカへ向う。北極海の近く、美しくも奇異な苔《こけ》の生える、氷のように冷たいクリークを見つけて、川姫鱒と一週間をすごすのだ。住所は以下の通り――

アラスカ　フェアバンクス　局留

〈アメリカの鱒釣り〉

友なる Trout Fishing in America より

ジョセファス湖の日々

わたしたちはリトル・レッドフィッシュ湖を後にして、ジョセファス湖へ向った。いくつものすばらしい地名を通る旅路だった。まずスタンレーからケイプホーン、シーフォーム、ラピッド・リヴァーと行き、それからいかだ《フロート》クリークを上った。そして、グレイハウンド鉱山を通って、ジョセファス湖に着いた。そこから、二、三日後にあかんぼを肩車して、鱒《ます》がたくさん待っているヘル＝ダイヴァー湖までの山道を行った。

航空券のごとく、鱒がわたしたちの到来を待っているはずだった。慌《あわ》てることもあるまいと、マッシュルーム・スプリングスで車を止めて、冷たく蔭《かげ》深い水を飲んでから、丸太に腰をおろしているわたしとあかんぼの写真を何枚か撮った。

いつかはこの写真を現像に出す金ができるだろう。ちゃんと写っているだろうかと、気になることがある。現在、写真は袋に入った種子みたいに宙ブラリンだ。写真が現像される頃には、わたしは今より歳《とし》をとって、あまり気むずかしいこともいわないだろう。ほら、あかんぼだ！　ごらんマッシュルーム・スプリングスだよ！　な、これ、おれだよ！

ヘル＝ダイヴァーに到着して一時間も経《た》たないうちに、制限量まで鱒を釣ってしまった。女房は調子のいい釣りにすっかりのぼせて、あかんぼが直射日光にあたったまま眠ってしまったのに気がつかなかった。あかんぼは目を覚ますと吐いた。わたしが娘を抱いて山道を下りた。

女房は釣竿《つりざお》と魚をかついで、黙々とわたしのうしろを歩いていた。子どもはまた二度ほど薄紫色の吐瀉物《としゃぶつ》をごく少量吐いただけだったが、それでもわたしの服についた。子どもの顔は熱く、ほてっていた。

途中マッシュルーム・スプリングスで休んだ。わたしは子どもに水を少し飲ませた。多すぎないように注意した。吐瀉物の味を消すように、嗽《うがい》をさせた。それからわたしの服についたゲロを拭《ふ》きとっていると、突如として、なぜか、ズート服（膝までの長い上着と裾でくくっただぶだぶのズボンのスーツ）のたどった運命に思いを馳《は》せる結果になった。こともあろうに、マッシュルーム・スプリングスで。

第二次世界大戦とアンドリュース姉妹と並んで、四〇年代の初期、ズート服はたいへんな人気だった。けれども、あれもこれも、やがては廃《すた》れるべき流行にすぎなかったのだ。

一九六一年七月、ヘル＝ダイヴァーからの山道を行く病気のあかんぼのことのほうが、おそらくずっと緊迫した問題だ。百七十三年ごとに地球に接近するという銀河系の流星のことでも考えるように病気のあかんぼのことを考えてる暇はない。

かの女はマッシュルーム・スプリングスのあとはもう吐かなかった。わたしは抱いてやって、日蔭から日向《ひなた》へ、日向から日蔭へと、いくつもの無名の泉をすぎて下っていった。ジョセファス湖へ着くころには、もう元気になっていた。

間もなく、あかんぼは、おおきなカットスロート鱒を両手で持って、走りまわっていた。ハープ奏者が演奏会場にハープを運ぶみたいに。——バスも来ないし、タクシーもなくて、すでに予定より十分も遅れてしまっているハープ奏者、まるでそんな感じだった。

永劫《えいごう》通りの鱒《ます》釣り

〈永劫通り《カイエ・デ・エテルニダド》〉——わたしたちはベニト・ホアレス〔一八〇六—七二。メキシコ大統領一八五八—七二〕誕生の地ゲラタオから歩いた。〈永劫通り〉を通らずに、クリーク沿いの小径《こみち》を行った。ゲラタオの学校の生徒たちがクリーク沿いに行くのが近道だとおしえてくれたのだ。

　クリークは澄んでいたが、少し乳にごりしていた。小径はところどころ急勾配《きゅうこうばい》になっていた。じっさいこの道は近道だったので、道を下ってやってくる人たちに出会った。みんな何かしら担《かつ》いだインディアンだった。

　やがて、小径はクリークからそれた。丘を上って行くと共同墓地に出た。古色蒼然《こしょくそうぜん》とした共同墓地で、雑草と死が舞踏のパートナー同士のように蔓延《はびこ》って、さびれていた。

この墓地から、別の山の頂上にある Ixtlan と書いてイーストロンと読ませる町までは、丸石を敷きつめた道路だった。町に入るまでは、沿道には家が全然ない。イーストロンまでの登り道はとても急だ。墓地の方角を指し示す道路標識があって、石畳の丸石のひとつひとつをじっとやさしく守っているように見えた。

登り道を来て、わたしたちは、まだ息をはずませていた。道路標識が〈永劫通り〉と告げていた。指さして。

以前のわたしは、南メキシコのエキゾチックな土地を訪ね歩くような旅馴《たびな》れた者ではなかった。かつては、太平洋岸北西部に住んで、ある老婦人のところで働いていた子どもにすぎなかった。かの女は九十歳を越していて、わたしは土曜日や学校の放課後、夏休みなどに、働きに行った。

ときどき、手術医の手が縁を切り落したのかと思うような小さな卵サンドイッチをつくってくれた。マヨネーズであえた薄切りバナナもくれた。

老婦人は家に独りで住んでいた。この家はかの女にとって、双生児の片割れみたいなものだった。四階建てで、少なくとも三十部屋はあったが、かの女は身の丈一五〇センチ、体重三七キロぐらいしかなかった。

居間に、一九二〇年代の大型ラジオがあった。この家では、そのラジオだけがどうにか今世紀の物らしく見えたが、それだって本当にそうかどうか、わたしは疑わしいと思っていた。

自動車、飛行機、真空掃除機、冷蔵庫など、一九二〇年代の製品には一八九〇年代の物ではないかと思えるようなのが多い。われらが時代のスピードのなせるわざだ。一九二〇年代の物は、あっという間に歳《とし》をとって、むしろ前世紀の人々の衣服や思想のほうがずっとよく似合うようになってしまった。

老婦人は老犬を飼っていたが、これはもう犬とは呼べないような代物《しろもの》で、すっかりよぼよぼで、ぬいぐるみのように見えた。買い物に出たとき、散歩させてやったことがある。実際、ぬいぐるみを連れて歩いてるようだった。ぬいぐるみの消火栓に繋《つな》ぐと、犬はそれに小便をひっかけた。それもただのぬいぐるみ小便だった。

わたしは店に入って、老婦人にたのまれた食料品を買った。コーヒー一ポンドだったか、あるいはマヨネーズ一クォートだったか――。

この老婦人のところで、わたしはカナダ薊《あざみ》を刈りとったりもした。一九二〇年代（いや、一八九〇年代だったのかな）のあるとき、かの女はカリフォルニアを車で走っていた。かの女の犬がガソリン・スタンドで車を止めて、店の者に満タンにしてくれというと――

「野草の種子《たね》はいりませんか」と店員がいった。

「いらんよ」と夫はいった。「ガソリンだ」

「それはわかってますが」と店員がいった。「きょうは、ガソリンに無料で花の種子をつけてるんですよ」

「そうか」と夫がいった。「じゃあ花の種子ももらおう。だが、まちがいなく満タンにしてくれたまえ。欲しいのはガソリンなんだ」

「庭が明るくなりますよ」

「ガソリンで?」

「いや、花でです」

ふたりは北西部へ帰ると種子を蒔《ま》いたが、花はカナダ薊だった。毎年わたしはそれを刈りとった。必ずまた生えてきた。薬もかけてみたが、必ずまた生えてきた。

カナダ薊の根にとって、呪《のろ》いの言葉は音楽なのだ。首のうしろに一撃を食らうなどは、さながらハープシコード音楽を聞いてるようなものだ。あのカナダ薊はあそこに永遠に生えつづける運命だった。カリフォルニアよ、ありがとう。野草をありがとう。

わたしは来る年も来る年も、刈り続けた。

たとえば残忍な芝刈機で芝を刈るなど、わたしはこの家で他にもいろいろ仕事をした。初めて行った日に、かの女は芝刈機には注意するようにいった。三週間ほど前に、旅人風の男が立ち寄って、ホテルに泊って食事でもしたいから、何か仕事をさせてもらえないかとたのんだ。かの女は「芝を刈ってくれれば」といった。

「すみませんね、奥さん」といって出て行ったとたん、男はその暗黒時代の機械で右手から指三本切り落してしまった。

あの家のどこかに、三本の指のおそろしく気味悪い亡霊が住みついているのを知っていたわたしは、芝刈機を用心深く扱った。わたしの指を仲間にくれてやるわけにはいかない。わたしの指はわたしの手の上で、とてもぴったり、いい感じだったから。

石庭の掃除もしたが、そこで蛇を見つけたら、かならずよそへ追放してやった。かの女は殺すようにいったが、縞蛇《しまへび》を殺したってしようがないと思った。でも、始末しないわけにはいかなかった。かの女は、もし蛇を踏んづけでもしたら、ぜったい心臓麻痺《まひ》を起すからと、いつもいっていたのだ。

そこで、わたしは蛇をつかまえると、向いの家の庭に追放した。向いの家ではきっと九人ぐらいのお婆《ばあ》さんが歯ブラシの中に蛇を見つけるたびに、心臓麻痺を起して死んでしまったことだろう。うまいことに、お婆さんたちの屍体《したい》が運びだされたときに、わたしがそこに居あわせたことはなかった。

ライラックの茂みからクロイチゴを刈りとるのもやった。時たま、家へ持って帰るようにと、ライラックの花をもらった。いつだってすばらしく綺麗《きれい》なライラックで、歩いて帰るわたしは、高く誇らしく、あたかも名高い子ども用ワイン――花のワイン――でも運ぶみたいにライラックをかかげて、すごくいい気分だった。

かまどの薪《まき》も割った。かの女は薪のかまどで料理をしたし、冬の間は、暗い地下室の海で潜水艦の艦長さながら、巨大な薪の炉を操って家を暖めていた。

夏に、わたしは果てしもなく、薪の束を地下室に投げこむのだった。最後には頭がぼおっとして、空の雲や路上の自動車や猫まで、何もかも薪に見えた。

他にもこまごまと、雑用をした。一九一一年に紛失した螺子《ねじ》回しを見つけた。春には、パイにするさくらんぼを鍋《なべ》いっぱい摘んだ。その際、木になっている残りのさくらんぼは全部わたし自身のために摘んだ。裏庭の呆《ほう》けたような木々の枝も刈りこんだ。古い材木の山のそばに生えていた木だ。それから草取り。

初秋のある日のこと、かの女はわたしを隣家の婦人に貸した。わたしはその家の木造物置の屋根の雨漏りを修繕した。隣家の婦人は一ドルのチップをくれたので、わたしは礼をいったが、つぎに雨が降ると、かの女が焚付《たきつ》け用に十七年間もためこんできた新聞紙がびしょ濡《ぬ》れになった。それからというもの、その家の前を通るたびに、嫌な目で見られた。リンチされないだけ運がよかった。

冬は、老婦人のところでは働かなかった。十月の末に、落葉など掃き集め、ぶつぶつ呟《つぶや》いている縞蛇を庭のお婆さんたらの歯ブラシの中に、つまり蛇の冬の棲家《すみか》に移してやると、わたしのその年の仕事は終りだった。

そして、春がやってくると、かの女から電話がかかった。わたしはいつもかの女の細い声を聞くと、まだ生きているのに驚いたものだった。やがてわたしは馬に乗って出かけて行く。そして再び、同じことが繰りかえされた。わたしは二、三ドル稼いでは、ぬいぐるみ犬の陽射《ひざ》しに暖まった毛をなでてやった。

ある春の日のこと、かの女はわたしを屋根裏部屋に上らせた。いろいろな物の入った箱を整理して、捨てたり、空想上の適所に戻したりするようにということだった。

そこに、わたしはたった独りで三時間もいたのだ。あそこに入ったのはあれが初めてで、ありがたや、最後だった。屋根裏部屋にはがらくたが、溢れ出さんばかりにつまっていた。

この世の古い物のすべてが、あの部屋にあった。わたしはただあたりを眺めまわして時間をつぶした。

古いトランクがわたしの注意を惹《ひ》いた。革紐《かわひも》をはずし、さまざまな止め金掛け金をはずして、開けてみた。古い釣具がぎっしり詰まっていた。釣竿《つりざお》、リール、釣糸、長靴、びく。その他に、無数の蚊鉤《かばり》、擬餌鉤《ぎじばり》、釣針を収めた金属の箱があった。

釣針には、まだみみずがついていたのがあった。幾十年の歳月を経て、みみずはかちかちになって、釣針にこびりついていた。いまやみみずは、金属部分と同様、釣針の一部になっていた。

トランクには旧式の〈アメリカの鱒釣り鎧《よろい》〉もあった。風雨にさらされた釣り用ヘルメットのそばに、古い日記帳が見つかった。第一ページを開くと、次のように書いてあった。

アロンゾ・ヘイゲンの鱒釣り日誌

それは、若くして奇病で死んだ、この家の女主人の弟の名前だとわたしは思った。聞き耳を立てたり、応接間にどっかりと飾ってある大きな写真を眺めたりすることによって、わたしはそのことを知るようになっていた。

古い日記帳の第二ページをめくると、表になっていた——。

〔釣り旅および釣りそこねた鱒〕

一八九一年四月七日	釣りそこねた鱒	8
一八九一年四月十五日	釣りそこねた鱒	6
一八九一年四月二十三日	釣りそこねた鱒	12
一八九一年五月十三日	釣りそこねた鱒	9
一八九一年五月二十三日	釣りそこねた鱒	15
一八九一年五月二十四日	釣りそこねた鱒	10
一八九一年五月二十五日	釣りそこねた鱒	12
一八九一年六月二日	釣りそこねた鱒	18
一八九一年六月六日	釣りそこねた鱒	15
一八九一年六月十七日	釣りそこねた鱒	7
一八九一年六月十九日	釣りそこねた鱒	10
一八九一年六月二十三日	釣りそこねた鱒	14
一八九一年七月四日	釣りそこねた鱒	13
一八九一年七月二十三日	釣りそこねた鱒	11

一八九一年八月十日	釣りそこねた鱒	13
一八九一年八月十七日	釣りそこねた鱒	8
一八九一年八月二十日	釣りそこねた鱒	12
一八九一年八月二十九日	釣りそこねた鱒	21
一八九一年九月三日	釣りそこねた鱒	10
一八九一年九月十一日	釣りそこねた鱒	7
一八九一年九月十九日	釣りそこねた鱒	5
一八九一年九月二十三日	釣りそこねた鱒	3
釣り旅合計数22	釣りそこねた鱒合計	239
釣り旅一回につき釣りそこねた鱒平均数		10.8

三ページ目をめくると、年が変って一八九二年になり、アロンゾ・ヘイゲンは二十四回釣りにでかけ、三百十七匹の鱒《ます》を釣りそこねた。一回につき平均十三・二匹の損失になったという違いを除けば、前ページとそっくり同じだった。

次のページでは一八九三年で、釣り旅合計三十三回、四百八十四匹の鱒に逃げられ、損失は平均十四・五匹。

次ページは一八九四年。釣り旅合計二十七回、三百四十八匹の鱒に逃げられ、損失は平均十二・九匹。

次ページは一八九五年。釣り旅合計四十一回、七百三十匹の鱒に逃げられ、損失は平均十七・八匹。

次のページは一八九六年。アロンゾ・ヘイゲンは十二回行っただけで、百十五匹の鱒をとり逃がし、損失は平均九・五匹。

つぎのページは一八九七年。釣り旅は一回で、一匹の鱒をとり逃がした。損失平均一匹。

最後のページは一八九一年から一八九七年までの総計である。アロンゾ・ヘイゲンは百六十回釣りにでかけて、二千二百三十一匹の鱒を釣りそこねた。七年間の平均を出すと、一回につき十三・九の損失となっている。

総計の数字の下に、アロンゾ・ヘイゲンによるささやかな〈アメリカの鱒釣り墓碑銘〉があった。およそ以下のようなものだった。

　　もうたくさんだ。
釣りをはじめて　はや七年
一度も鱒を釣りあげていない。
針にかかった鱒は残らず釣りそこねた。
　やつらは　ジャンプで逃げる
　　身を捻って　逃げる。
　　あるいは　のたうち
あるいは　はりすを切り
　あるいは　ばたついて
　　畜生！　逃げやがる。
小生　かつて　ただの一度も　鱒に触れたことさえ　ないのだ。
　　全くもって　口惜《くや》しいが
完敗実験ということで　考えれば
なかなか興味深い例ではないか。
だが　来年は　誰か別の者が
鱒釣りに行かねばならぬ。

わたしではない誰かが
でかけて行くことになるのである。

タオル

ジョセファス湖からの道を下り、シーフォームを通って、わたしたちは行った。途中、水を飲むために車を止めると、林の中にささやかな記念館があった。わたしはどんなものか見たいと思って、記念館まで歩いて行った。ガラスの扉がすこし開いていて、扉の内側にはタオルが掛かっていた。

記念館の中央に一枚の写真があった。一九二〇年代、三〇年代のアメリカの森林監視所の古典的な写真だ。

チャールズ・A・リンドバーグによく似てる男が写っている。男にはあの「スピリット・オブ・セントルイス号」の気高さと意志力がある。違うのは、この男の大西洋がアイダホの森林だったということだ。

わきに一人の女が寄りそう。昔の女、すばらしい寄りそい型の女だ。当時流行《はや》ったズボン姿で、長い編上げ靴を穿《は》いている。

二人は監視所のポーチに立っている、空が、かれらの背後ほんの二、三フィートのところにある。あのころの人たちはこんな写真を撮るのが好きだった。こんな写真を写してもらうのも好きだった。

記念館には次のように記されていた。

一九四三年四月五日、陸軍爆撃隊生存者捜査中この附近にて墜落事故により死亡したチャリス国有林山林監視官チャーリー・J・ランガー、および米合衆国陸軍パイロット・キャプテン　ビル・ケリー、および副操縦士アーサー・A・クロフツを記念して。

ああ、遥《はる》かな山奥で、一枚の写真が一人の男の思い出を守る。あそこで、写真はたった独り。男が死んで十八年。雪が降る。雪が扉を埋めてしまう。タオルを埋めてしまう。

砂場からジョン・ディリンジャーを引くとなにが残る？

『アメリカの鱒《ます》釣り』の表紙へはしょっちゅう行く。今朝もあかんぼを連れて行ってきた。大きな回転式の散水器が表紙に水を撒《ま》いていた。芝生にパンのかけらが落ちていた。鳩《はと》にやるためにわざわざ置いてあるのだ。

年寄りのイタリア人連中はいつだってそんなことばかりしている。水でパンは糊《のり》状になって芝生にペッタリとへばりついている。まぬけな鳩どもは水と芝生がパンを噛《か》みくだいてくれるのを待っている。手間をはぶこうという魂胆だ。

わたしは娘を砂場で遊ばせておいて、自分はベンチに腰かけ、あたりを眺めていた。ベンチのもう片方の端にはビートニクがすわっている。そばに寝袋を置いて、半円形のアップルパイを食べていた。ばかでかいアップルパイの袋を持っていて、次から次へ、七面鳥みたいにがつがつ食っている。ミサイル基地でピケを張るより、この方がずっとたしかな抵抗の身振りではないか。

子どもは砂場で遊んでいた。赤い服を着て。赤いドレスの背後にカソリック教会がそびえたっていた。娘のドレスと教会の間には、煉瓦《れんが》の便所がある。偶然にあるわけじゃない。あるべくしてそこにあるのだ。左が女子用、右が男子用。

赤いドレス、とわたしは思った。ジョン・ディリンジャーをＦＢＩに売った女は赤いドレスを着てたんじゃなかったっけ？　人々はこの女を〈赤いドレスの女〉と呼んだのだった。

そうだった、とわたしは思った。赤いドレスだ。しかし、さしあたり、ジョン・ディリンジャーの姿はない。わたしの娘は独りで砂場で遊んでいる。

砂場からジョン・ディリンジャーを引くと、なにが残る？

ビートニク男は立って行って、煉瓦の便所の壁に磔《はりつけ》になった水呑場《みずのみ》で水を飲んだ。水呑場は女子用寄りというより、男子用寄りにある。かれは喉《のど》につかえたあれだけのアップルパイを流し込みたかったのだろう。

公園では三台の散水器が回っていた。ベンジャミン・フランクリンの前で一台、横で一台、後で一台。三台とも円を描いてぐるぐる回る。

ベンジャミン・フランクリンは水に包囲されても、じっと我慢強く立ちつくしていた。

ベンジャミン・フランクリンの横の散水器の水が木の幹を激しく打って、葉を数枚叩《たた》き落とした。続いて、水は中央の木に当った。そこでもやはり幹を激しく打ったので、また葉が落ちた。次に、水はベンジャミン・フランクリンに当って、石の両側にほとばしった。霧がゆっくりと落ちる。ベンジャミン・フランクリンの足が濡《ぬ》れてしまった。

きつい陽射《ひざ》しがわたしに当たる。太陽がカッと照りつけて、暑い。しばらくすると、この陽のせいで、わたしは気分が悪くなった。蔭《かげ》はただ一か所だけ、ビートニク男の上に落ちている。

蔭は、リリー・ヒッチコック・コイト*寄贈の彫刻、精神病院の火事から金属女を救助する金属消防夫の姿から落ちかかる。ビートニクはベンチに寝そべっていた。蔭はかれより、二フィートも長い。

わたしの友人があの彫刻について一篇の詩をつくった。もう一篇書いてもらいたいものだ。そうしたらわたしも、自分のからだより二フィートも長い日蔭に入れるだろう。いまいましいったらない。

〈赤いドレスの女〉については、わたしはやはり正しかった。十分後に、かれらが、砂場のジョン・ディリンジャーを撃ち倒したのだった。機関銃の音に驚いて、鳩どもはそそくさと教会へ入って行った。

その直後、わたしの娘が大型の黒白動車で去った。目撃者がいる。娘はまだ喋《しゃべ》れないのだが、そんなことはどうでもいい。赤いドレスのせいなのだ。

ジョン・ディリンジャーの屍《し》体《たい》の半分は砂場に、残りの半分は砂場の外に横たわっていた。男子用便所寄りというよりはむしろ女子用便所寄りに。動物件マーガリンがまだ白いラードみたいだった良き時代に使われていたチューブから中身が出てきたときみたいに、かれは血を流していた。

大型の黒自動車が動きだし、屋根を蝙蝠《こうもり》のように光らせて、道を行った。そして、フィルバート通りとストックトン通りの角のアイスクリーム屋の前で止まった。

警官が車からおりて店に入り、ダブルのアイスクリーム・コーンを二百個も買った。それを車に積み込むために、かれは手押車を使わなければならなかった。

〈アメリカの鱒《ます》釣り〉と最後に会ったときのこと

最後にかれと会ったのは、七月のことで、ケッチャムから十マイルのビッグ・ウッド・リヴァーでだった。そこでヘミングウェイが自殺した直後のことだったが、わたしはまだかれの死について知らなかった。サン・フランシスコに帰って、『ライフ』を読むまで知らなかった。事件から、もう何週間も過ぎていた。表紙がヘミングウェイの写真だった。

「ヘミングウェイがどうしたってのかな」とわたしは独り言をいった。雑誌を広げてページを繰ってゆくと、死んだと書いてあった。〈アメリカの鱒釣り〉はその話をしなかった。知っていたに違いない。きっと、うっかり忘れたのだ。

わたしと旅する女が生理痛になった。しばらく休みたいというので、わたしはあかんぼを連れて、スプール付きの釣竿《つりざお》をかついでビッグ・ウッド・リヴァーへ行った。そこで〈アメリカの鱒釣り〉に会ったのだ。

わたしは《天下一品《スーパー・デューパー》》〔金属製U字形の擬餌鉤〕を川に投げこんで、それが流れにのって沈んだり岸寄りに浮き上ったりするのにまかせておいた。釣糸がゆらりゆらり揺れていた。話をしている間〈アメリカの鱒釣り〉は、あかんぼを眺めていた。

かれは娘のおもちゃに色のついた石ころを与えた。娘はかれのことが気に入って膝《ひざ》によじのぼり、シャツのポケットに石ころを入れた。

わたしたちはモンタナ州グレイト・フォールズのことを話した。わたしは〈アメリカの鱒釣り〉に子どものころグレイト・フォールズでひと冬過したことを話した。

「戦争中のことで、ディアナ・ダービンの映画、七回も見たんだ」とわたしはいった。

あかんぼが〈アメリカの鱒釣り〉のシャツのポケットに青い石ころを入れると、かれは「グレイト・フォールズには何度も行ったよ。インディアンにも会ったし、毛皮商人にも会った。ルイスとクラーク〔一八〇四―〇六、ルイス・アンド・クラーク西部探険隊〕のこともおぼえてる。でも、グレイト・フォールズでディアナ・ダービンの映画見たって記憶は全然ないな」といった。

「そうだろうね」とわたしはいった。「グレイト・フォールズの人たちは、ぼくみたいにディアナ・ダービンを好いてなかったもの。映画館はいつもがらがらだった。あの映画館には、他所《よそ》では一度も経験したことのない、ある特別な暗さがあったよ。外が雪だったせいだろうか、それともディアナ・ダービンのせいだろうか。よくわからないんだけどね」

「なんていう映画だったかね」と〈アメリカの鱒釣り〉がきいた。

「知らないんだよ」とわたしは答えた。

「ダービンがずいぶん歌うんだ。かの女の役は大学進学を望んでいるコーラスガールだったか、それとも金持ちの娘だったか――。あるいは何かのために金がいるんで、かの女が何かしたとか、とにかくそんなんだ。いずれにしても、歌うんだよ。歌って、歌って、歌いまくる。でも、歌の文句は全然思い出せない。

ある日の午後、またディアナ・ダービンの映画を見て、それからミズーリ河まで行った。河の一部が凍っていた。鉄橋があってね。ぼくはミズーリ河がちっとも変ってないのを見てほっとしたんだよ。ディアナ・ダービンのように見えないでほっとしたよ。ミズーリ河まで歩いて行くと、河がディアナ・ダービンの映画にみえてしまう。そんなことを思ったりしてたんだ。子どもの考えそうなことさ。――大学進学を望んでいるコーラスガールとか、金持ち娘とかね。あるいは何かのために金がいるんでどうとかしたとか、とにかくそんな映画みたいにさ。

今になっても、なぜあの映画を七回も見たかわからないんだ。『カリガリ博士の実験室』に負けないくらい退屈な映画だったものね。ミズーリ河はもとのまま、まだあそこにあるのかな?」とわたしはいった。

「あるさ」と〈アメリカの鱒釣り〉はいった。笑っていた。「だけど、ディアナ・ダービンには似てないぜ」

すでに、あかんぼは〈アメリカの鱒釣り〉のシャツポケットに一ダース余りの色つきの石ころを入れていた。かれはわたしを見て微笑して、わたしがグレイト・フォールズについて話しつづけるのを待っていた。と、突然わたしの《天下一品《スーパー・デューパー》》に手応《てごた》えがあった。釣竿をぐいとあげると、魚は逃げた。

〈アメリカの鱒釣り〉がいった。「いまの魚、おれ知ってるよ。あれはぜったい釣れないよ」

「そうかな」とわたしはいった。

「いや、失敬」と〈アメリカの鱒釣り〉がいった。「やってごらん。何度かかかるだろうが、釣れないんだよ。べつにすごく利巧だってわけじゃない。ただ運がいいんだ。運さえよけりゃすべてよしってことがあるもんさ」

「そうだね」とわたしはいった。「その通りだね」

わたしは再び釣糸をたれて、グレイト・フォールズについて話しつづけた。

モンタナ州グレイト・フォールズについて、最も取るに足らない話を、きちんと順を追って話したのだ。十二番目の話題、これはその中でも最も取るに足らないことだった——「朝、電話が鳴る。ぼくはベッドから出る。電話に出る必要はないんだ。前もって、もうずっと昔から、そうきまっていたんだ。

外はまだ暗い。ホテルの部屋では、黄色の壁紙が電球のまわりだけ剝《は》げ落ちそうになっている。ぼくは服を着ると、ぼくの義理の父が一晩じゅうコックをやってるレストランまで行くんだ。

朝食をとる。ホットケーキとか卵とか。そのうちに、父がぼくに弁当を作ってくれるんだけど、それはいつもおなじでね——パイ一きれと石みたいに冷たい豚肉サンドイッチ。それから学校まで歩いて行く。三位一体《さんみ》、わたしとパイと石のように冷たいサンドイッチの三位一体。これが何か月も続いたよ。

さいわい、ある日、これも終りを告げた。ぼくが大人になったとか、そんな峻厳《しゅんげん》なことじゃなしにさ。ただ、ぼくら、荷物をまとめてバスに乗って町を出たんだ。モンタナ州グレイト・フォールズの話はこれで全部だよ。ミズーリ河はまだあそこにあるって？」

「あるさ。でも、ディアナ・ダービンには似てないぜ」と〈アメリカの鱒釣り〉はいった。「ルイスが滝を発見した日のことを憶《おぼ》えているよ。かれらは日の出とともにキャンプを発《た》ったが、二、三時間も行くと美しい平原に出た。平原には、それまでに見たこともないほど多くの野牛がいた。

かれらはどんどん先へ進んだが、やがて遠くにかすかな滝の音が聞こえて、遥《はる》か彼方《かなた》に、高々と上がったかと思うと、ふっと消えてしまう水しぶきが見えたんだ。音のするほうへ行くと、音はどんどん大きくなった。しばらくすると、もう轟音《ごうおん》だった。かれらはミズーリ河の大滝に出ていたのだ。到着はほぼ正午だったよ。

その午後、いいことがあった。滝の水の落ちて行くその下のほうへ釣りに行って、六匹の鱒、それも十六インチから二十三インチほどもあるすばらしいやつを釣ったのさ。

一八〇五年六月十二日のことさ。

いや、ルイスは、もし突然ミズーリ河がディアナ・ダービンに見えたり、大学進学を希望するコーラスガールなんかに見えたりしたら、それがどういうことなのか理解したとは思えないね」と〈アメリカの鱒釣り〉はいった。

カリフォルニアの未開地で

わたしはアメリカの鱒《ます》釣りの旅から帰ってきた。高速道路がその長くなめらかな錨《いかり》をわたしの首に巻きつけたかと思うと、そこで途切れた。いま、わたしはここに住んでいる。ここに来るのに一生かかった。ミル・ヴァレーの上方に位置する、この奇妙な小屋までやって来るのに、一生かかったってわけだ。

わたしは、パードとかれのガールフレンドの所に泊っている。二人は六月十五日から九月十五日までの三月《みつき》間、百ドルでこのキャビンを借りている。皆でこうして一緒に暮して、わたしたちはおかしな一団だ。

パードは英領ナイジェリアで流れ者の両親から生まれ、三歳のときアメリカに来た。その後は、ワシントン州オレゴンとアイダホ州の牧場で育った。

かれは第二次世界大戦中は機関銃士で、ドイツ人と闘った。フランスとドイツで闘った。パード軍曹。戦争から戻ってくると、アイダホの田舎高校へ行った。大学を出るとパリへ行って実存主義者になった。歩道のカフェに実存主義とかれが肩をならべて腰かけている写真がある。パードは髭《ひげ》を生やして、かれのからだは巨大な魂をやっとこさ収容してるみたいだ。

パリからアメリカへ戻ると、サン・フランシスコ湾の引き船で働いたり、アイダホ州のファイラーで円形機関車庫《ラウンド・ハウス》の鉄道員になったりした。

いうまでもないことだが、この間、かれは結婚して子どもがひとりできた。妻と子どもは、二十世紀の気まぐれ風に林檎《りんご》のように吹き飛ばされて、もういない。いや、時代をわかたぬ気まぐれ風というべきだろうか。秋の訪れとともに崩壊した家族。

細君とわかれると、かれはアリゾナへ行って新聞の取材・編集をやった。メキシコとの国境にあるナコという町で安酒場に出入りしてトリウンフォというメスカル酒などを呑《の》んでは、トランプ賭博《とばく》をした。そしてじぶんの家の屋根に弾丸で無数の穴をあけた。

ナコでのある朝、パードはひどい宿酔《ふつかよ》いで、目が覚めると頭痛吐気寒気などがした。かれの友人がウィスキー瓶をかたわらに、テーブルについていた。

パードは手をのばして椅子《いす》の上にあった拳銃《けんじゅう》をとると、ウィスキー瓶を狙《ねら》って撃った。つぎの瞬間、友人はガラスの破片と血とウィスキーにまみれていた。「何だってこんなことするんかね?」と友人はいった。

現在、三十代も終り近く、パードは一時間一ドル三十五セントの賃金で印刷屋に勤めている。前衛的印刷屋だ。詩や前衛的散文を印刷するのだ。かれらはライノタイプの操作に対し、パードに一時間一ドル三十五セント支払う。時間給一ドル三十五セントのライノタイプ・オペレーターなんて、香港《ホンコン》やアルバニアへでも行かなければ、おいそれと見つかるもんじゃない。

仕事に行っても、鉛が充分にないことさえある。連中ときたら鉛を一、二本ずつ石鹼《せっけん》みたいに買うからだ。

パードのガールフレンドはユダヤ人だ。悪性の肝炎の病後をやしなっている。二十四歳。かの女はもしかしたら『プレイボーイ』に載るかもしれない自分のヌード写真のことで、パードをからかう。

「心配することないわよ」とかの女はいう。「あの写真が載ったとしても、たった千二百万人の男があたしのオッパイ眺めるだけじゃないの」

かの女にはこんなことがすごくおかしいのだ。両親は金持ちだ。カリフォルニアの未開地の一室に坐《すわ》るかの女は、ニューヨークの父親の給料支払簿に載っている。

わたしたちが食べる物はおかしい。飲み物はもっとおかしい——七面鳥、ガロのポルトワイン、ホットドッグ、西瓜《すいか》、ポパイ、*鮭《さけ》コロッケ、フラッペ、クリスチャン・ブラザースのポルトワイン、オレンジ入りライ麦パン、カンタループメロン、ポパイ、サラダ、チーズ——酒と食べ物、そしてポパイ。

ポパイ？

わたしたちは『泥棒日記』『この家に火をつけよ』『裸のランチ』、それにクラフト・エビング〔一八四〇—一九〇二。ドイツの神経学者〕の著書などを読んでいる。クラフト・エビングはクラフト社のインスタント食品を使うみたいに、しょっちゅう声を出して読んでいる。

「東ポルトガルの小さな町の市長は、ある朝、手押車に生殖器を山と積んで市庁舎に運びこむところを目撃されてしまった。かれは血統の良くない家系の出身なのだ。ズボンのうしろポケットには女物の靴が片方入っていた。靴は一晩じゅうそこに入っていたのだった」こんなことでわたしたちは笑うのだ。

秋になれば、この小屋の持主の女件が戻ってくる。かの女はヨーロッパで夏をすごしている。帰ってきたら、週にただ一度だけここですごす。怖いといって、決して夜はここに泊らない。ここには何か、かの女を怖《おそ》れさせるものがあるのだ。

パードとガールフレンドは小屋の中で寝て、わたしのあかんぼは地下室で寝る。わたしたちは外の林檎の木の下で寝るので、暁のころに目を覚ましてはサン・フランシスコ湾を眺め、それからまた眠る。つぎに、こんどはきわめて奇妙なことのために目を覚ます。奇妙なことが起ったら、その後再び眠る。それから、日の出の湾を見るたびに目を覚ます。

それからまた眠るのだが、太陽は確実にどんどん昇りつづける。けれど、まだ陽射《ひざ》しはすぐ下のユーカリの枝々の中にとどまっているので、わたしたちは涼しく眠れる。やがてついに、太陽の光がユーカリの真上から燦々《さんさん》とさすと、わたしたちはもう起きるしかない。

家の中に入ると、朝食と呼ばれる無駄話の二時間が始まる。腰をかけて、ゆっくり意識をとり戻すのだ。自分たちを上等の陶器かなんかみたいにそっと扱う。最後の最後の最後のコーヒーを飲みほすと、もう、昼食のことを考えたり、フェアファックスのグッドウィル〔古道具を再生して売る慈善団体〕へ行く時間。

ミル・ヴァレーの上方、カリフォルニアの未開地での暮しはざっとこんな具合。ユーカリの樹《き》さえなければ、ミル・ヴァレーの目ぬき通りを見おろすことができるはずだ。百ヤードも離れたところで自動車を停めて、トンネルのような径《みち》を歩いてここまでこなければならない。

パードが戦争中に機関銃で殺したすべてのドイツ人が制服を着てやってきて、このあたりに立っていたりしたら、かなり戦慄《せんりつ》的だろう。

径には、クロイチゴのあたたかく甘い香りがただよう。午後おそくには、径をふさいで花嫁のごとく横たわる報いられない死木のまわりに鶉《うずら》が集まる。わたしはただ鶉たちを飛び立たせてみたいばっかりにそこへ行く。美しい鳥たちだ。かれらは翼を広げたまま風に乗って山を下る。

ああ、あいつだ、生まれながらの王者だよ！　えにしだの間をぬけて、黄色の草地に棄《す》てられた転覆自動車の方へ飛んで行くやつさ。そうだ。灰色の翼をごらんよ。

先週のある朝だった。夜明けごろわたしが林檎の木の下で目を覚ますと、犬の吠《ほ》え声と速駆けの蹄《ひづめ》の音が、こちらに向ってやってくるのに気がついた。至福千年の到来か？　鹿《しか》の足を穿《は》いたロシア人の侵略か？

目を開くと、わたしめがけて、まっしぐらに駆けてくる鹿が見えた。人角を生やした雄鹿だ。警察犬がそのあとを追っている。

ワワワワワーッン！　地面が鳴る鳴る鳴る鳴る鳴る鳴るぅ！　どっしーん！　どっ

しーん！

鹿は方角を変えようともしない。わたしをみとめてから一秒二秒たったのに、まだひたすら直進してくる。

ワワワワワワワーッン！　地面が鳴る鳴る鳴る鳴る鳴る鳴る！　どしーん！　どしーん！

脇《わき》を通りすぎたとき、鹿に触れようと思えばできただろう。

やつはいきり立った犬に追われて、家を巡り便所のまわりを一周した。二頭の動物は、藪《やぶ》や蔦《つた》に絡《から》まったり、あるいはその間を縫うようにたなびくトイレット・ペーパーの吹流しをあとに残して、山腹へ消えてしまった。

すると、今度は雌鹿がやってきた。雄鹿と同じような様子で駆けてきたが、それほど速くはない。頭の中にいちごでも詰まっていたんだろう。

「どう！　どう！　どう！」とわたしは叫んだ。「いい加減にしてくれ！　おれはここで新聞売ってるわけじゃないんだぜ！」

雌鹿はわたしから二十五フィートのところで立ち止まると、くるりと向きを変えて、ユーカリの樹のかたわらを降りて行った。

こんなことが、もう幾日も続いているのだ。やつらがやってくる直前に、わたしは目が覚める。夜明けと日の出に目をさますように、やつらのために目をさます。ふいに、なぜか、やつらがこちらに向ってやってくるぞ、とわかるのだ。

〈アメリカの鱒《ます》釣りちんちくりん〉に関する最終記述

土曜日は秋の第一日目で、聖フランシス教会では祭りがあった。暑い日で、フェリス観覧車は、さしずめ輪に曲げられて音楽の恩恵に浴している温度計とでもいうような感じで、空中で回転していた。

しかしこの話はまず、しばらく前のこと、わたしの娘が胎内に宿ったころのことにさかのぼる。わたしたちはあらたにアパートに移り住んだばかりで、まだ電燈《でんとう》もついていなかった。荷ほどきの済んでいない箱にかこまれていた。受皿の上で牛乳のような蠟燭《ろうそく》が燃えていた。そこで、いっちょやったのだが、それがあれだったのだと思う。

別室では友人が眠っていた。今になると、あの時かれを起こしたんじゃないかと心配だ。もっともあれ以来、何百回となく、奴《やっこ》さんは寝ては起き、起きては寝ることを繰返してきてるわけだが。

妊娠中、わたしは膨れ続ける人間の腹部を無邪気に凝視していたのだが、中にいた子どもがいつの日か〈アメリカの鱒釣りちんちくりん〉に会うことになろうとは想像さえできなかった。

土曜日の午後、わたしたちはワシントン広場へ行った。芝生にあかんぼをおろしてやると、かの女はベンジャミン・フランクリン像のそばの木の下に坐《すわ》っていた〈アメリカの鱒釣りちんちくりん〉に向って駆けだした。

かれは右側の木に背をもたせて地面に坐っていた。葫《にんにく》入りのソーセージとパンが、奇妙な食料品店の陳列棚のような車椅子《くるまいす》の上に置かれていた。

娘は走り寄ってソーセージを一本さらおうとしたのだ。

〈アメリカの鱒釣りちんちくりん〉はたちまち警戒の色を見せたが、相手があかんぼなのを見てとると安心したようだった。かれは子どもをそばに来させ、脚のない膝《ひざ》にすわらせようと、さかんにあやした。娘は車椅子のうしろに隠れ、片手で車輪につかまって、金属越しにじっとこの男をみつめていた。

「おいでよ、お嬢ちゃん」とかれはいった。「おいで。〈アメリカの鱒釣りちんちくりん〉と遊ぼうよ」

と、そのとき、ベンジャミン・フランクリン像が交通信号のように緑色に変った。娘は公園のむこう端にある砂場に目をとめた。にわかに、砂場のほうが〈アメリカの鱒釣りちんちくりん〉より魅惑的になった。ソーセージも、もうどうでもよかった。

信号が緑のうちに、そう思って娘は砂場に向って横断した。〈アメリカの鱒釣りちんちくりん〉は、わたしの娘を、じっと眼で追っていた。そのとき、二人を隔てる空間は川だった。——見る見るうちに、どんどん川幅は広がっていった。

アメリカの鱒《ます》釣り平和行進に関する証言

昨年、復活祭のころでありましたが、〈連中〉はアメリカの鱒釣り平和パレードを催したのでした。〈連中〉は幾千枚もの赤いステッカーを印刷しました。〈連中〉は自分たちの小型外国車や、はては電信柱などの国家的コミュニケーション施設にまでそれを貼《は》ったのでありました。

ステッカーには、**アメリカの鱒釣り平和を支持せよ！**　と印刷してありました。

やがてかれら、大学・高校出のコミュニストたちは、共産主義的牧師たちおよびマルキスト教育を受けたその子弟らと共に、共産主義の中枢《ちゆうすう》地区ともいうべきリニイベイルから、サン・フランシスコへのほぼ四十マイルを行進したのであります。

サン・フランシスコまでは徒歩で四日もかかりました。かれらは途中さまざまな町に泊りましたが、シンパの人々の家の芝生に寝かせてもらったのです。かれらは共産主義的アメリカの鱒釣り平和プロパガンダのプラカードを担《かつ》いでおりましたよ！

釣りの穴場に　水爆落すな！
　アイザック・ウォルトン*なら
　水爆を呪《のろ》ったぞ！
　　鱒釣り用毛鉤《けばり》　賛成！
　　大陸弾道ミサイル　反対！

かれらはこの他にもアメリカの鱒釣り平和スローガンをあれこれ掲げておりましたが、それらはすべて、共産主義が目指す世界制覇の方針に沿っておるのです。――ガンジー的非暴力主義のトロイアの木馬ですな。

共産主義陰謀の若き中核、これら洗脳ズミのメンバーが、パンハンドル地区、つまりオクラホマ州亡命共産主義者サン・フランシスコ支部ですな、そのパンハンドル地区に到着すると、何千人という共産主義者たちがかれらを迎えたのでありました。この何千人というのは、脚があまり達者ではない共産主義者といえましょう。かれらはダウンタウンまで歩くのさえ、とてもおぼつかないという様子でしたよ。

警察に守られた何千人もの共産主義者らは、サン・フランシスコの心臓部に位置するユニオン広場まで行進しました。一九六〇年、共産主義者たちの市庁暴動の折、警察は幾百人という共産主義者を見逃したという証拠が上がっておるのですが、しかし、アメリカの鱒釣り平和パレードにいたっては、事はこれ、警察の究極的告発に至ります。——警察は保護を加えたのです。

何千人という共産主義者がサン・フランシスコの心臓部めざしてまっしぐらに行進して行ったのです。長時間にわたり、共産主義者の弁士が若者たちを煽動《せんどう》しました。その結果、かれらはコイト・タワー*を爆破したいといい出す始末でした。やっと共産主義的牧師たちがプラスチック爆弾をしまうよう、なだめたのでした。

「汝《なんじ》ら、他により汝らのために為《な》されんと欲するところのこと、他にもこれをなすべし……故《ゆえ》に、爆弾は不要である」とか、申しておりました。

アメリカとしては、もうこれ以上の証拠は要りますまい。ガンジー的非暴力主義のトロイアの木馬の赤き影が、アメリカ全土をおおっておるのです。サン・フランシスコはその木馬の厩《うまや》といえましょう。

狂気の強姦者《ごうかんしゃ》が飴玉《あめだま》で幼い子どもを騙《だま》すなど、すでに過去のこととなりました。今日では、まさにこの瞬間にも、共産主義の手先たちがケーブルカーに乗る無邪気な子どもたちの手に、アメリカの鱒釣り平和パンフを配っているのであります。

〈赤い唇〉への脚註章

カリフォルニアの未開地に住んでいたときには、塵芥《ごみ》の収集はなかった。わたしたちが出す塵芥は、朝やって来ては、にっこりと親切なことばを一言、二言口にする、そんな男の手で処理されることはなかった。季節は乾燥期で、塵芥を燃すのはだめだった。それでなくてさえ、わたしたち自身を含めて、何もかもカラカラに乾いていまにも燃えそうだったから——。塵芥のことはしばらくは問題になったが、間もなく処理の方法が見つかった。

わたしたちは三軒続きで空家になっているところまで、塵芥を運んで行った。ブリキ缶、紙屑《かみくず》、野菜屑、空瓶、ポパイなどのつまった大袋を運んだ。

三軒目の空家では、ベッドの上に『サン・フランシスコ・クロニクル』紙の代金の受領証が無数に散らかっていて、子ども用の歯ブラシが、いまも洗面所の棚に入っていた。

この家の裏手に大きな屋外便所があった。そこへ行くには何本かの林檎《りんご》の樹《き》や奇妙な植物が生えているところを通る。奇妙な植物は、わたしたちの料理に役立つ恰好《かっこう》の香辛料であるか、あるいは、わたしたちから料理する必要さえ奪うような怖《おそ》しい毒いぬほおずきであるか、そのどちらかだと思われた。

この屋外便所へ塵芥を運んで行って、ドアをそおっと開ける。そおっと開けるより以外に、そのドアを開ける方法はない。壁にはトイレット・ペーパーがあったが、それはもうあんまり古くてマグナ・カルタの親戚《しんせき》(おそらく従兄《いとこ》)みたいに見えた。

トイレットの蓋《ふた》をあけて、暗闇《くらやみ》に塵芥を落す。こんな風にして何週間もすぎた。けれども、とうとう、トイレットの蓋をあけると下方に暗闇や塵芥の山のぼんやりした輪郭が見えるかわりに、トイレットの口のところすれすれまで盛り上がるほどたっぷりと溜《たま》ったギンギラギンの塵芥の山が見える、という状況にいたった。

もし、何も知らない者が、無邪気に大便でもしようかという気を起して行ってみたら、蓋を上げたとたん、ずいぶんびっくりしたことだろう。

まず便座に立って、それから便壺《べんつぼ》に踏み込む。それから塵芥をアコーディオンみたいに踏みつけて深淵に送りこんでやる──そんな始末になる一歩手前のところで、わたしたちはカリフォルニアの未開地を立ち去ったのだった。

クリーヴランド建造物取壊し会社

　つい先頃まで、クリーヴランド建造物取壊し会社についてのわたしの知識は、そこで買物をした二、三の友人から得たものにすぎなかった。ある友人は大型の窓を買った。窓枠、ガラス、その他一切合財ふくめてほんの二、三ドル。かなり立派な窓だった。

　かれはそれを買うと、ポトレロの丘にある自分の家の片側に穴を開けて、窓を入れた。今じゃ、サン・フランシスコ郡立病院の全景が眺められる。

　病棟の内までじかに覗《のぞ》きこめるほどで、絶え間なく読まれ続けて、グランド・キャニオンのように侵食された古雑誌などが見えるのだ。朝食のことを考えている患者たちの内なる声も聞こえる――牛乳は大嫌いなんだ。夕食のことを考えている声――豆は大嫌いなんだ。そして、夜がくると、煉瓦《れんが》の海草の巨大な茂みに逃れるすべもなく絡《から》まれて、ゆっくりと病院が溺《おぼ》れるのが見える。

かれはその窓をクリーヴランド建造物取壊し会社で買った。

また、別の友人などは、クリーヴランド建造物取壊し会社で鉄の屋根を買って古いステーション・ワゴンに積み込むと、ビッグ・サーまで運んだが、そのあとは背中に鉄屋根をのせて山道を登っていった。屋根の半分を自分の背中で運んだ。ちっとも楽しくなかった。それから、かれはプレザントンでジョージという名の驢馬《ろば》を買った。ジョージが屋根の残り半分を運んだ。

驢馬は自らのおかれた状況がすごくいやだった。壁蝨《だに》にたかられてすっかり痩《や》せてしまったばかりか、高原に漂う山猫の匂《にお》いに怯《おび》えきって、草を食《は》むこともできない。友人は冗談半分に、ジョージは百キロも痩せたなどといっていた。ジョージにしてみれば、リヴァーモア峡谷のプレザントン界隈《かいわい》の葡萄酒《ぶどうしゅ》製造地のほうが、サンタ・ルチア山の野性味よりどれほど好ましかったことか。

かれが住んでいたのは掘立小屋だが、それは一九二〇年代にある有名な映画俳優が建てた大邸宅のなかのかつての暖炉の隣に位置していた。大邸宅というのはビッグ・サーにまだ道もないころに建てられたものだ。蟻《あり》のように数珠《じゅず》繋《つな》ぎになった驢馬たちの背に乗せられて、大邸宅は山を越えた。そのようにして、つたうるしや壁蝨《だに》や鮭《さけ》などに、よき生活《くらし》とは如何《いか》なるものであるかを教えたのだ。

大邸宅は大西洋にそびえたつ岬にあった。一九二〇年代には、金の力で、今よりもっと遠くまで見えたものだ。館《やかた》からは鯨もハワイ諸島も、さらには中国の国民党まで見えたものだ。

館はもうずっと昔に焼け落ちた。

俳優は死んだ。

かれの驢馬たちは石鹸《せっけん》にされた。

かれの情婦たちは皺《しわ》だらけになった。

暖炉だけが、カルタゴ人のハリウッド賛歌ででもあるかのように残った。

わたしは二、三週間前に、その屋根を見に行った。この機会は百万ドルでも引き換えにしたくない、そう思って。屋根は、わたしにはざるみたいに見えた。ベイ・メドウ〔競馬場〕であの屋根と雨が競いあうようなことにでもなれば、わたしは雨のほうに賭《か》けて、その儲《もう》けでシアトルの万博に行くな。

クリーヴランド建造物取壊し会社とわたしとの個人的な関りは、一昨日、そこに鱒《ます》のいる小川が中古で売りに出ていると聞いたときから始まった。コロンバス街で十五番バスに乗って、初めてでかけて行った。

バスでは、わたしの後に二人の黒人の少年が腰かけていた。二人はチャビー・チェッカーやツイストのことを話していた。チャビー・チェッカーは髭《ひげ》を生やしてないから十五歳だといっていた。四十四時間もツイストを踊り続けて、ついにデラウェア河を渡るジョージ・ワシントンの幻が見えてしまった、そういう男のことも話していた。

「それでこそよう、ツイストだ」と少年の一人がいう。

「おれなんか、四十四時間ぶっつづけじゃ、ツイストできねえや」ともう一人がいう。

「そりゃ、かなりなもんよ」

わたしはいまはうち棄《す》てられている〈タイム給油所〉のすぐそばでバスを降りた。無人の五十セント・セルフサーヴィス洗車場。給油所の片側は長い野原だ。戦争中、野原には造船工たちのための公営住宅が建っていた。

〈タイム給油所〉のもう片側に、クリーヴランド建造物取壊し会社があった。中古の鱒の小川を見ようと、わたしは歩いて行った。クリーヴランド建造物取壊し会社の正面には、いろんな札や商品でいっぱいになった、ひどく長いショウ・ウィンドウがある。

窓にはクリーニング屋用のマークをつける機械の広告が出ていて、六十五ドルだった。この機械はもともと百七十五ドルだった。かなり、お得用というわけだ。新品・中古の二トン用・三トン用の起重機の広告もあった。鱒の小川を移動するには、起重機がいくつあったら足りるかなと、わたしは考えていた。すると、こんな札が目についた。

家族全員への贈り物のアイデアは
ファミリー・ギフトセンターで

ウィンドウは家族全員への贈り物となる無数の品物でいっぱいだ。おとうちゃん、クリスマスにぼくなに欲しいか知ってる？　なんだい、おまえ？　風呂場だよ。おかあちゃん、あたしクリスマスになに欲しいか知ってる？　なあに、おまえ？　屋根材よ。

遠い親戚《しんせき》に贈るには、ジャングル用のハンモック。その他、もろもろの愛《いと》しき者たちには、一ガロンにつき一ドル十セントで、土色のエナメル・ペンキはいかが。と、大札があって、それにはこうあった。

中古　鱒のいる小川売り出し中
百聞は一見に如《し》かずであります

わたしは中に入って、入口にあった船の角燈《かくとう》を眺めていた。売場係がやってきて、なかなか感じの良い声で、「何かお探しですか」といった。

「ええ」とわたしはいった。「売り出し中の鱒の小川に興味があるんだけど。あのう、どんな風にして売ってるんですか」

「一フィートずつで売ってます。少しだけお買上げいただいてもいいですし、わたしどもの手持ち分全部お買上げ下さっても結構です。今朝、五百六十三フィート買っていった方もありましたよ。誕生日の贈物に、姪《めい》ごさんに上げるとか」と売場係がいった。

「むろん、滝は別扱いです。樹木や鳥類、花々、草、羊歯《しだ》類も、別扱いになってます。昆虫類は、小川を十フィート以上お買上げいただいたら、リーヴィスしますよ」

「小川はいくら？」とわたしはきいた。

「一フィート、六ドル五十セントです」とかれはいった。「百フィートまでがこの値段ですね。それ以上になると、一フィート、五ドルです」

「鳥はいくら？」とわたし。

「一羽三十五セントです」とかれ。「でも、みんな中古ですからね、保証付きじゃないですよ」

「小川の幅はどのくらい？」とわたし。「長さで売るということだけど」

「そうです」とかれ。「長さです。幅は五フィートから十一フィートぐらいですね。幅によって値段は変らないです。大きな川じゃないですが、なかなかいいですよ」

「動物はどうかしら」とわたしはきいた。

「鹿《しか》が三頭残ってるきりですわ」とかれがいった。

「そう……花は？」

「一ダース単位です」

「小川は澄んでるんですかね」

「だんな」と売場係はいった。「うちでは汚れた川を売るなんて思われちゃ困ります。わたしらとしてはですね、川をここへ運んでくる前に、水晶のように水が澄んでることを、まず、確かめてますよ」

「もともとはどこの川なの？」とわたしはきいた。

「コロラドです」とかれはいった。「それをそおっと運んできたんです。割れ物みたいにそおっとね。わたしどものところでは、川を傷《いた》めたりしたことはないですね」

「みんなきくことだろうけど、どうですか、釣れますかね」とわたしはきいた。

「釣れますとも」とかれ。「おもにジャーマン・ブラウンですが、虹鱒《にじます》もいくらかいますよ」

「鱒はいくら？」とわたしはきいた。

「鱒は川についてるんですよ」とかれは答えた。「もちろん、運によりますがね。何匹釣れるか、大きいか小さいか、前もってはわかりません。でも、釣れるんですよ。すごく、釣れるんです。餌《えさ》をつけても、蚊鉤《かばり》で釣ってもいいですよ」と、かれは笑顔でいった。

「川はどこです？」とわたしはきいた。「見てみたいですね」

「裏にあります」とかれはいった。「そこの扉からまっすぐ行って、右に曲がると外に出ます。そこに積んでありますよ。すぐわかります。滝は中古鉛管売場にあります」

「動物はどこかな」

「川のすぐ裏手に、売れ残った動物がいます。鉄道線路の脇《わき》の道に、わたしらのトラックが駐車してありますが、そこを右に曲がり、材木置場を過ぎてずっと行くと、はずれが動物小屋ですから」

「どうも」とわたしはいった。「まず滝を見に行こうかな。ひとりで行けます。道順だけ教えてもらえば、あとはわかりますから」

「そうですか」とかれはいった。「そこの階段を上ると、扉や窓がたくさん置いてあるところに出ます。そこを左に折れてまわると、中古鉛管売場になってます。もし、何かありましたら、はい、これ、わたしの名刺です」

「どうも」とわたしはいった。「どうも、いろいろすみません。じゃ、ぶらぶら見て来ます」

「じゃあ、まあ、これで」とかれはいった。

二階へ行くと、何千という扉があった。あんなに多くの扉を見たのは初めてだ。あれほどの扉があれば、都市が一つできる。ドアズタウン。窓もあった。郊外地を一つ開発できるほどの窓、窓、窓。ウィンドウヴィル。

左に曲がって裏手に出ると、真珠色の明りのほのかな輝きが見えた。さらに裏へ裏へとまわって行くと、明りはどんどん強くなって、ついにわたしは何百という便器に囲まれた中古鉛管売場に出ていた。

便器は重ねられて、棚の上にあった。五基ずつ重ねて置いてあった。便器の上は天窓で、便器はそこからの光をうけて、『南海の禁断の真珠』とかいう映画にでも出てきそうな様子で輝いていた。

壁に凭《もた》せて重ねてあったのが滝だった。およそ十二基、一、三フィートの丈のものから、十フィート、十五フィートぐらいのものまで。

六十フィートのものもあった。ばらばらになった大滝には札がついていて、もと通りの滝に組みたてる方法が記してある。

滝にはすべて値札がついていた。川よりも値がはる。一フィート十九ドルもするのだ。

わたしは別室へ入った。そこには、甘く匂《にお》う材木が積みあげてあって、天窓から入る光をうけて、柔らかな黄色に輝いていた。屋根の傾斜の下にあたるこの部屋の端のほの暗い所に、流し台と小便器がいくつも埃《ほこり》にまみれていた。床には、二本に折り畳まれて、もう埃をかぶり始めた十七フィートほどの滝もあった。

滝はもう、気のすむまで見た。こんどは鱒のいる小川を見たいと思って、売場係がいっていた通りに行くと、建物の外に出た。

ああ、あんな川は、はじめてだ。十、十五、二十フィートというように、長さ別に分けて積んであったのだ。百フィートのものばかり積んであったりするのだ。半端《はんぱ》ものを入れた箱もあった。六インチのものから二フィートのものまで、半端ものもいろいろだ。

建物の外側にラウドスピーカーがついていて、静かな音楽が流れる。その日は曇りで、鷗《かもめ》が高く頭上の空を旋回していた。

小川売場の後側に、樹木や灌木《かんぼく》が束ねてあった。つぎのあたった帆布の被《おお》いが掛かっていた。被いから、樹木の先端や根がはみ出していた。

わたしは近寄って、いろいろの長さの川を見た。鱒が見えた。一匹すごいのがいた。ざりがにが水底の岩の周囲を這《は》いまわっている。

なかなか結構な小川だった。水に手を入れてみた。冷たくて、いい気持だった。

脇へまわって、動物を見ようと思った。鉄道線路沿いに、トラックが並んでいた。材木置場を通りすぎて、動物小屋まで歩いて行った。

売場係のいったことは本当だった。動物はおおかた売り切れていた。多く残っているものといったら鼠《ねずみ》ぐらい。何百匹という鼠。

小屋の近くに、高さ五十フィートもあるような巨大なワイアの鳥の檻《おり》があって、いろいろな種類の鳥がたくさんいた。檻のてっぺんには帆布が掛けてあって、雨が降っても鳥たちが濡《ぬ》れないようになっている。きつつき、野生カナリア、雀《すずめ》がいた。

小川売場へ戻る途中、昆虫類を見つけた。昆虫は、一立方フィートにつき四十八セントで売りに出ていた鋼鉄のプレハブ・ビルの中だった。扉に札がかかっていて、こうあった。

昆虫類

レオナルド・ダ・ヴィンチ讃歌《さんか》うたう日曜日の半日

雨降りのサン・フランシスコ、このけだるい冬の日に、わたしはレオナルド・ダ・ヴィンチの幻を見た。日曜日だというのに、女房は休みもなく、あくせく働いている。今朝、八時に、パウエル通りとカリフォルニア通りの角に向って出て行った。そのとき以来、わたしは丸太にとまった蟇《ひきがえる》みたいに、こうしてここにすわって、レオナルド・ダ・ヴィンチのことを夢想しているのだ。

かれはサウス・ベンド釣具会社で働いている、と考えてみた。もちろん、この場合、かれの服装も喋《しゃべ》る言葉も違っている。幼年時代も違うだろう。ニュー・メキシコ州のローズバーグとか、ヴァージニア州のウィンチェスターなどで過されたアメリカ人の幼年時代だ。

アメリカの鱒《ます》釣りのために、かれは新しい回転式の擬餌鉤《ぎじばり》を発明するのだ。まず、想像力を、それから、金属、絵具、釣針を使って、あれこれ試みる。しばらくそうやってから、今度はそれにある動きを加える。その動きを止めると、また違った動きを加えて——ついに、擬餌鉤は完成した。

かれはボスたちを呼んだ。ボスたちは擬餌鉤を見ると、全員気を失って倒れた。床に転がるボスたちのそばに立つと、かれは擬餌鉤を手にとって命名したのだった。『最後の晩餐《ばんさん》』と。それから、かれはボスたちを起してまわった。

ほんの数か月もすると、その鱒釣り用擬餌鉤は、原爆とかマハトマ・ガンジーとか、そういう浅薄な業績を遥《はる》かに凌《しの》ぐ、二十世紀最大のセンセーションとなった。アメリカで、何百万という『最後の晩餐』が売れた。ヴァチカンなどは一万個ほどの注文を発したが、あそこには鱒などいないのである。

ぞくぞくと、感謝状・表彰状の類《たぐい》が届いた。合衆国元大統領三十四名は、口を揃《そろ》えて、「わたしは『最後の晩餐』で見事に釣った」と声明を発表した。

アメリカの鱒《ます》釣りペン先

かれは、オレゴン州東部のシュモルトへ、クリスマス・ツリーを伐《き》りに行った。ちっぽけな会社に雇われて。かれは木を伐り、自炊して、台所の床に寝た。寒くて、地面には雪がつもっていた。床は堅かった。そうこうするうちに、空軍の古い飛行服が見つかった。これは寒さには重宝だった。

そのあたりで、かれが相手にできる女といえば、三百ポンドもあるインディアン女一人きりだった。かの女には十五歳になる双生児の娘がいたので、かれは娘たちを狙《ねら》った。しかし、母親の策略で、母親のほうしか手に入れることができなかった。そういうことになると、この女はなかなか小賢《こざか》しかった。

会社はその場で賃金を払ってくれなかった。皆がサン・フランシスコへ戻ったところで、まとめて払うというのだ。かれがこの仕事についたのは一文なしだったからだ。からっけつだったからだ。

かれは待った。雪の中で木を伐り、インディアン女と寝て、まずい食事を作って――予算がひどく少なかった――皿を洗った。そして、空軍の飛行服を着こんで、台所の床に眠った。

ようやく、かれらは木を運んで町に戻ったが、会社には賃金を払う金などはまったくない。かれは、木が売れて金ができるまで、オークランドの売場で長いこと待つはめになった。

「これなんか、いい木ですよ、奥さん」

「いくらなの？」

「十ドルです」

「高すぎるわよ」

「じゃ、二ドルですばらしいのがありますよ。実は、これは木の半分ですが、壁際《かべぎわ》に立てれば、文句なしにいいですよ」

「それ、ちょうだい。晴雨計の隣に置くわ。女王のドレスと、この木の色と同じなのよ。これ、もらうわ。二ドルね？」

「さようです」

「もし、もし。はい……はい、はい。ええと、そのですね、叔母さんのお棺にクリスマス・ツリーを入れて埋葬なさりたいと……はい、はい、それが故人のご意向だったと……ちょっと調べてみますが……あっ、お棺の寸法おわかりですか？　承知いたしました。——お棺サイズのクリスマス・ツリー、早速お届け致します」

やっとのことで、金を払ってもらうと、かれはサン・フランシスコへやってきた。

〈ル・ブフ〉でステーキのおいしい食事をして、ジャック・ダニエルまでひっかけて、それからフィルモア通りに出て、きれいな若い黒人の娼婦《しょうふ》をひろった。それから〈アルバート・ベイコン・フォール・ホテル〉で、女と寝た。

翌日、マーケット通りの洒落《しゃれ》た文房具店で、三十ドルの万年筆を買った。金ペンだ。

かれはそれをわたしに見せて、こういった。「ちょっと書いてごらんよ。力を入れちゃだめだぜ。ペン先が金だからね。金ペンってのは、すごく感じやすいんだ。しばらくすると、持主の性格が移るんだよ。ほかの者には使えなくなるんだ。ペンが持主の影になるんだね。ペンを持つなら、これに限る。そっと書いてくれよな」

わたしは考えていた。アメリカの鱒釣りならどんなにすてきなペン先になることだろう。きっと、紙の上には、川岸の冷たい緑色の樹木、野生の花々、そして黒ずんだひれがみずみずしい筆跡を残すことだろうな……。

マヨネーズの章へのプレリュード

「エスキモーは一生を氷の中で暮すが、かれらは氷という言葉を全く持たない」——『人類の百万年』M・F・アシュレイ・モンターギュ

「人類の言語は、他の動物のコミュニケーションの方法にある意味では似ているが、また一方では非常に異っている。多くの人々が言語の起源について仮説をたててきたが、実のところ、われわれはその進化の歴史については何もわかってはいないのだ。例えば、〈ワンワン語源説〉というのがある。動物の音声を模倣することから言語がはじまったとする説である。あるいは、〈どんどん語源説〉——反応として、自然におこる発声が言語の起源だとする説。または、〈プープー語源説〉——激しい悲鳴や

叫び声から言語が生まれたとする説。最古の化石に見られるような人類が言語を持っていたかどうか、われわれには知る術《すべ》もない。──言語は化石となって残らない。少なくとも、文字で表わされるようになるまでは」──『自然と人間』マーストン・ベイツ

「しかし、木のうえにいる動物が文明をおこすことはできないのである」──『人類の黄昏《たそがれ》』「人間の力学・その類人猿的基礎」アーネスト・アルバート・フートン

ここで、わたしの人間的欲求を表現すれば、──わたしは、ずっと、マヨネーズという言葉でおわる本を書きたいと思っていた。

マヨネーズの章

一九五二年二月三日

親愛なるフローレンスとハーヴ。

グッド氏逝去《せいきょ》の報《しら》せ、たった今、イーディスから聞きました。心からおくやみを言います。安らかに永眠されますように——。あの方は幸せに長生きし、亡《な》くなられてもっと良いところへ行かれたのです。あなた方としても予期していたことでしょう。かれにはもうわからなかったとしても、昨日、あなたがたが行って会ったのは何よりでしたね。祈りと愛をこめて——。近々、会いましょう。

あなたたちに神の御加護がありますように。

追伸
あげるの忘れてしまって、ごめんなさいね、例のマヨネーズ。

母、ナンシーより

訳者註

12

『アメリカの鱒《ます》釣り』の表紙

H・D・コグスウェル――一九七三年七月十六日の『サン・フランシスコ・クロニクル』紙に、このコグスウェルなる人物のことが載っていた。

それによると、この男は熱烈な禁酒運動家であったらしい。東部の貧しい家に生まれ、歯科医の見習いになったかれは、一八四九年にカリフォルニアへやってきた。鉱山労働者にかれらの必需品を売り歩いて資金をつくると、サン・フランシスコのワシントン通りに歯科医院を開業したが、やがて、不動産と鉱業への投資で、百万長者になった。

歯を抜くのにも飽きると、かれは技術学校を創設したり、銅像を建てたりするようになった。

一八七〇年に、ヨーロッパとエジプトを旅行したかれは、噴水と銅像にとりつかれた。かれは自分でデザインして、アメリカじゅうに、無数の噴水や銅像を建てた。水飲み用の噴水が多く、海洋動物などをあしらってデザインされたのは、人々が酒ではなく、水を飲むようにという意図からだったという。

かれの寄贈による噴水や銅像の大半は、もう壊されてしまった。芸術的な価値がすこぶる低いという理由で。

コグスウェルは、実物より大きな自分の銅像もいくつか建てた。髭《ひげ》を生やしたかれが、フロック・コートを着て、片手に「禁酒の誓い」の紙を持ち、もう片方に水の入ったコップを持っている姿である。

14

木を叩《たた》いて　その1

木を叩いて——原題は Knock on Wood. この表現は、うっかり自慢などしたあとで、応報天罰の女神・ネメシスの怒りを和らげるために卓の脚や柱など手近かにある木に触れると良いという迷信から来ている。ここでは、もとの意味よりもむしろ、鱒釣りの幸運を祈る気持から来ている。

15

三角帽——三角帽は時に馬形帽とも呼ばれる。アメリカ黎明期《れいめいき》の帽子。ベンジャミン・フランクリンおよびかれの同時代人がかぶっていた帽子。

23

クールエイド中毒者《ワイノ》

クールエイド中毒者——The Kool-Aid Wino. クールエイドは商品名で、小さな紙袋に入った人工着色の人工粉末果汁。水に溶かして飲む。ワイノはアルコール中毒者のなかでも、最低級のワインしか呑《の》めない中毒者を区別していう。

28

胡桃《くるみ》ケチャップのいっぷう変ったつくりかた

…料理の手引き——十九世紀半ばにアメリカで出版された料理の本に、このような内容のものがあったという。

38

アル中たちのウォルデン池

ウォルデン池——十九世紀アメリカの思想家ソローは、ニュー・イングランドのコンコードにあるウォルデン池畔の森の中で、二年間、自分で建てた小屋に独りで暮した。魚を釣り、作物を植えて、「生存に最低必要な物資の総量」を知ろうとした。

ウォルデン池は天と地を映して、緑色に見えたり、青く見えたりしたが、濁ることはなく、土地の人々は底無しの池と呼んでいた。ソローは「何人《なんぴと》もうち砕くことのできない鏡」と呼んだ。

『ウォルデン・森の生活』は、物質主義と社会的な束縛・抑圧にがんじがらめにされて、「静かな絶望」の内に暮す人間にも、まだそこから解放される可能性があるという発想から書かれている。

ところで、ブローティガンがこの章に「アル中たちのウォルデン池」というタイトルをかぶせたのは、「生存に最低必要な衣食住と燃料の確保」とウォルデンという連想の他に、ソローがある意味で失意の人としてウォルデンへ赴いたこと、さらに、ソローが、ウォルデンへ行った目的は、必ずしも安い生活をするということではなく、「障害のなるべく少ない方法で private business を行うためであった」と述べていることなど、種々の理由が考えられる。

40 モントゴメリー通り――サン・フランシスコのビジネス街。

47 **Sea, Sea Rider**

Sea, Sea Rider ――ブルースの See See Rider を Sea, Sea Rider と変えてタイトルにしたもの。See See Rider というタイトルを持つブルースはいくつかあるが、例えばミシシッピー・ジョン・ハートによるものは、次のような歌詞ではじまる。

You see, see, rider, you see what you have done?
You made me love you…
Made me love you, now your man done come,
You made me love you, now your man have come.

Ain't no more potatoes, the frost have killed the vine,
Well, the blues ain't nothin' but a good woman on your mind,
The blues ain't nothin' but a good woman on your mind,

53
The blues ain't nothin' but a good woman on your mind.
『憂鬱《ゆううつ》の解剖』――メランコリー（憂鬱症）の原因・治療法等に関する膨大な書。ロバート・バートン著。初版一六二一年。メランコリーはイギリス文芸復興時代に広く行き渡ったテーマであったが、バートンは、古典文学、中世文芸、それに同時代作家の作品から縦横無尽に引用して、テーマを総括的に検討している。

61
ポルトワインによる鱒死
…全然ないのである――ここに掲げられた書物の中《うち》、いくつかは架空の物だろうと思って、少し調査してから、ブローティガンにたずねたところ、全部実在の書物だということだった。

63
盗まれた絵は隣の家にあるぜ――マルクス兄弟の映画『けだもの組合』にある台詞《せりふ》。どのようにして名画がすりかえられたかを推理するグラウチョと、すりかえたチコとのやりとりにでてくる。

67
〈アメリカの鱒釣り〉検屍《けんし》解剖報告
――この解剖報告は、実際に、バイロン卿《きょう》の検屍解剖報告として記録されているものだそうである。

88 ネルソン・オルグレン宛《あて》〈アメリカの鱒釣りちんちくりん〉を送ること

93 甘い砂糖――ここの砂糖は、ワインのアルコール含有量を二十パーセント（通常は十二、三パーセント）まで上げるために、糖分を特に多くしてあるワインの砂糖のこと。

94 サン・ノゼ――サン・フランシスコからサン・ノゼまでは、およそ百キロの道程。

…十セント――硬貨を入れて、自分の洗濯物を洗い、乾燥するようになっている洗濯場《ロウンドロマット》は、昼間も夜も侘《わび》しい場所だ。洗濯機だけはたいてい新式でピカピカしているが、壁はきまって裸で、灰色にくすんでいたり、コンクリートの床が冷たかったりする。床がリノリウムだと、汚れていて、所々はげている。待っているあいだ腰かけるように椅子《いす》がパラパラと置いてあるが、いつだって固くてガタピシしてる。夜になって、煌々《こうこう》と蛍光灯がつくと、洗濯場はますます剝《む》き出しの感じで、殺風景だ。

洗濯場の窓や、外の看板に、このように値段が表示してある。なお、ここで dry（乾燥）は、アル中患者が禁酒をさせられることを He was dried out などということと関係があるだろう。

95 …および九月十日――〈切り裂きジャック〉の犯行の日々。

二十世紀の市長

96 〈おひょう追い〉の帽子――スコットランド・ヤードの男たちの帽子は、deerstalker

（鳥打帽）だが、ここでは halibut（おひょう）-stalker hats となっている。

パラダイス

98 …穴をあけた便所——アメリカの東部で十八世紀に建ったという古い家のなかで、上部に半月の形にくり抜いた穴がある便所の扉を見たことがある。ブローティガンは、これは装飾のためだけにつけられたと思うといっていた。わたしは明りとりだと思っていた。

カリガリ博士の実験室

101 オクラホマっ子——okie はオクラホマ出身者というもとの意味と同時に、現在では「流れ者」「貧乏人」「季節労働者」などを指して使われるようになった。スタインベックの『怒りの葡萄《ぶどう》』の人々は、okies の原型である。

101 〈プリティ・ボーイ〉フロイド——三〇年代のギャング。

ソルト・クリークのコヨーテ

104 ドリー・ヴァーデン鱒——ディケンズの小説の人物が後に鱒の名になった。

104 キャリル・チェスマン、アレグザンダー・ロビラード・ヴィスタ——サン・クェンティンのガス室で死刑になった男たち。チェスマンは強姦魔として死刑になった。アレグザンダー・ロビラードは二十歳そこそこで殺人罪かなんかに問われて死刑になったが、ある朝ラジオのスイッチを入れたら、「今、ロビラードがガス室に入りました」という放送があり、しばらくしたら、今度は、「ロビラードは死にました」という放送があったのを記憶していると、ブローティガンは話していた。

107　**せむし鱒**

カットスロート鱒——カットスロートは斑入《ふい》りの鱒で北アメリカ西海岸沿いの川だけに見出《みいだ》される。過去およそ百年間に、外から連れて来られて放流された虹鱒《にじます》やジャーマン・ブラウンに、大分淘汰《とうた》されてしまったという。

112　**テディ・ルーズヴェルト悪ふざけ**

——原題は The Teddy Roosevelt Chingader'——Chingader' というのは、メキシコ人が性交を意味する時に使う俗語だが、ロス・アンジェルスあたりでは、例えば、自動車がちょっと故障したときなどに、「ちぇっ、畜生!」という程度の意味で使う。

118　…名を探し出す仕事——モルモン教徒は昔に死んだ親戚《しんせき》の者の氏名を探し出しては、カトリック教徒であった死者、プロテスタントであった死者たちを洗礼して、モルモン教徒にしてやる。

119　フォレスト・ローン——南カリフォルニアにある墓地。詩人の墓、女優の墓などと、区分けしてあって、そこを訪れる観光客のために墓地案内図まである。死産の嬰児《えいじ》を埋葬する特別の場所もあって、その一画はハートの形にデザインされているという。

121 乱視のように——Like astigmatism, I made myself at home.

この乱視 astigmatism には stigma が、重なっているような気がする。

「ネルソン・オルグレン宛〈アメリカの鱒釣りちんちくりん〉を送ること」に補足して

122 『アメリカの鱒釣りちんちくりん・わが愛』——Hiroshima, Mon Amour（『二十四時間の情事』の原題）のもじり。Trout Fishing in America Shorty, Mon Amour.

123 〈きりぎりすニジンスキー〉——借金取立人 skiptracer. ニジンスキーは、おそらく skip からのイメージだろう。

砂場からジョン・ディリンジャーを引くとなにが残る?

170 リリー・ヒッチコック・コイト——ジョイス・ピーターソン著『わが愛するサン・フランシスコ』によれば、サン・フランシスコという町に特有のユーモアの感覚や寛容の精神は、この町出身の変人たちに対して住人が感じる愛着にも見てとれるという。そして、変人のひとりとして、このリリー・ヒッチコック・コイトをあげている。

コイトなる女性は裕福で身分賤《いや》しからぬ家庭に育ったが、なぜか、火事の警報が鳴り響くのを聞くと、矢も楯《たて》もたまらず、火事現場へ駆けつける癖があった。かの女はいつも、消防夫たちとウィスキーを飲んだ。いつしか、かの女はサン・フランシスコ有志消防部の名誉会員となった。八十六歳で死んだが、遺言にはアレグラフ・ヒルの頂上に消防夫たちのために記念碑を建てるようにとあった。その記念碑がコイト・タワーである。良く見ると消防ホースのノズルに見える。一九二〇年代に建てられたが、「醜い塔だ」という意見も多かったそうだ。

181　カリフォルニアの未開地で

ポパイ——ポパイの生命は短かった。ポパイは砂糖つきの朝食用の穀物食《シリアル》で、そのままミルクをかけて食べるようになっていたが、ものの四か月ほどで市場から消えた。

190　アメリカの鱒《ます》釣り平和行進に関する証言

アイザック・ウォルトン——一五九三—一六八三。イギリス人。伝記作家、随筆家。『釣魚大全』(The Compleat Angler) を著わした。一六五三年、初版。一七世紀中に五版。鱒釣りをはじめとして、淡水魚の性質や釣りの方法について述べている。

191　コイト・タワー——「砂場からジョン・ディリンジャーを引くとなにが残る?」訳者註参照。

鯨が生んだ鱒《ます》——訳者あとがき

藤本和子

『アメリカの鱒釣り』の表紙の町

サン・フランシスコ。一九七三年。一九七四年。わたしが『アメリカの鱒釣り』の翻訳にとりかかったのは、サン・フランシスコでだった。翻訳を終えたのも、サン・フランシスコでだった。『アメリカの鱒釣り』のなかで、この町のしめる役割はとても大きい。だから、わたしがサン・フランシスコで『アメリカの鱒釣り』の翻訳をしたのは、じつは偶然だったとはいえ、とてもぐあいの良いことだったと思う。

ぐあいが良い、というのは、いうまでもなく、『アメリカの鱒釣り』にでてくる具体的な場所や物が、どのようなものを背景にしてあるのか、どのような空気を周囲に漂わせてあるのか、そういうことをじぶんの目で見て、そうなのか、と理解したりすることができるということだ。

けれども、いっぽう、わたしがサン・フランシスコの、たとえば、ワシントン広場の水呑《みずのみ》場や砂場、またその附近の街角などに向ける視線は、いまではもう曇りないなどというものではなくなってしまった。

サン・フランシスコは、妄想のサン・フランシスコとなった。それというのも、この奇妙な鱒釣り読本のせいなのだ。

パシフィック・ハイツに住んでいたわたしは、三ブロックほど坂をおりて、ユニオン通りまで歩き、バスを待つ。バスがくれば、乗る。しばらく乗っていると、バスはヴァン・ネスを横断したあたりから少しずつ登りはじめ、ハイドあたりまでくると、車体はほとんどたてになってしまう。左手、ずっと下のほうに、サン・フランシスコ湾が見える。

バスは、ギーギーと急ブレーキをかけ続けながら、こんどは『アメリカの鱒釣り』の表紙にむかって、頭からつっこむような恰好《かっこう》で下って行く。バスの揺れと、上向いたり下向いたりする動きのせいで、うっすらと吐気がする。コロンバス通りの角で停車するころには、いつだって、わたしの目は血走っている。

そして、そこは、妄想の広場。『アメリカの鱒釣り』の表紙の広場。

わたしは〈アメリカの鱒釣りちんちくりん〉の姿をさがす。いない。どこにもいない。どうしたというんだろう？　生気のないヒッピーが数人、芝生のうえでゴロゴロしてるだけじゃないか！

とつぜん、わたしはわたしのうしろに、〈アメリカの鱒釣りちんちくりん〉がいるな、と感じる。かれがかき消えるように姿をくらますまえにと思って、わたしはパッと振りむく。

やはり、いない。ただ例の巨大な白い教会が、空から落ちてきそうな感じで、聳《そび》えているばかり。ほんとうの冬も、ほんとうの夏もないこの町の二月。空は青い。めまいがする。

何度行っても、とうとう〈アメリカの鱒釣りちんちくりん〉には会えなかった。でも、〈アメリカの鱒釣りでぶちん〉には、いくどか会った。

〈アメリカの鱒釣りでぶちん〉は、バス通りに面したベンチに、股《また》を開いてドッカとすわり、バスを睨《にら》みつけていた。赤ら顔して、安いワインで、目玉は火事のようだ。バスを睨みつけていると、いつかは、フイになったかれの夢がバスから降りてくるところをふんづかまえることができる、そう思っているような様子だった。すると、また、教会の鐘が鳴る。でも、ほんとうに鳴ったのかどうか、わたしにはよくわからない。わたしの妄想のなかで鳴っただけかもしれない。

わたしのサン・フランシスコは、このように現実とまぼろしがだきあい絡《から》まりあって、それこそ、どんなに大きなカナテコを持ってきても、そのふたつを引き離すことができない。それというのも、この奇妙な鱒釣り読本のせいなのだ。

それればかりではない。わたしは、ある日、気がついた。このわたしが、じつは、サン・フランシスコ人の妄想のなかに棲《す》んでいるらしい、と。現実には、もうひとつの顔があったのだ。

ある日曜日の午後、わたしは東京からやってきた妹を連れて、ギアリー大通りの劇場へ行った。なんだかその日は、その辺りの感じがいやにゴタゴタとしていた。

と、とつぜん、歩道を歩いているわたしを、だれかが怒鳴りつけているではないか！見ればおしめの布のように白茶けた顔色の初老の男だ。

「オイ、おまえはばかか、トンマか！　歩道というのは右側通行だ。おまえは野蛮なシナジンだな。文明を知らない、野蛮のシナジンは、シナへ帰れ！」

その口調やさえない服装からいうと、オイ、テメエ、ブッコロシテクレル！　といっているのとはちがう。いわば、なにもかも、一切合財ひっくるめて中途半端《はんぱ》のかたまりみたいな、夢心地の初老の男だ。失意の匂《にお》いのする男だ。

わたしは咄嗟《とっさ》に怒鳴り返した。

それから二週間たった。あれもやはり日曜日だった。こんどは、東京からやってきた妹といっしょではなく、夫とユニオン通りを歩いていた。夏が来ると寒くなるサン・フランシスコだから、日増しにうそ寒くなり、空がどんよりと重くなりはじめていた。

またしても。

と、とつぜん、なのだ。

こんどは女だった。ネッカチーフをギューギューと顔を締めつけるようにかぶった、初老の女。こんどもなぜか、顔はおしめのように白茶けた感じで、全体が、こうボワーッとしている。そして、ふしあわせと憎悪《ぞうお》が、悪い体臭のように匂いをたてる。

「あんたっ！　非米的悪の者ども、シナジン、シナジン！　地獄へおちろ。この、非米的アカ」

そう、怒鳴るのだ。指さして。中国人をもっとも卑《いや》しめていう呼びかた、チンクということばまで使っていた。

わたしは、ほんとうをいうと、このときカッとしなかった。カッとしたのは、あとになってからだった。そのときは、わたしは頭が完全にしびれてボーッとなったのだ。その女の白っ茶けたくさいような色彩が、わたしの頭を侵略して、バアーッと広がった。わたしはよくわからなくなってしまった。わたしは、なるほど、非米的アカかもしれない。だが、中国人かな。けれども、中国人と見まちがわれたということは、全くどうでもよかった。中国人がののしられていたのだ。そして、わたしがののしられていたのだ。

ところで、中国人。

そうだ。サン・フランシスコのチャイナ・タウンこそ、〈アメリカの鱒釣りチャイナ・タウン〉ではないのか。

ポーツマス広場と呼ばれる、樹木のまばらな公園では、テーブルの上にペンキで碁盤目がじかに、永久的に画《か》きこまれてある。そこでは、今世紀初頭に広東省《カントン》の貧しい村から、やがてはいくらかの富を手にして帰るのだと思ってやってきたが、とうとうそのまま年老いてしまった男と、きのう香港《ホンコン》から着いたばかりの少年のような青年が、おぼろな陽光のなかで将棋をさしている。

老いた男は、福祉の金をもらって生活しているが、とても誇り高いので、いつでも古くても手入れのいきとどいた黒っぽい背広を着ている。何の設備もないような下宿屋風のアパートに住むかれやかれらは、一日に二食しか食べることができない。かれらは、〈独身組〉と呼ばれる男たちだ。ひとかせぎしたら、やがては広東省の村の妻子のところへ戻るか、あるいは妻をカリフォルニアに呼びよせるつもりでいた者たちなのだ。それが、手に入るはずだった金は得られず、中国からの女性の移民をいっさい禁止する法律が制定された（一九二四年）ために、妻や子を呼びよせることもできず、かといって、カリフォルニアでは一九四七年（！）まであった異種族混交結婚禁止法（！）によって、現地の白人と結婚することもできず、かれらは永遠の独身者となってしまった。サンタ・フェ鉄道をはじめとして西部の鉄道敷設《ふせつ》や鉱山で、これらの男たちがどれほど苛酷《かこく》な労働をさせられたか、そのことはアメリカ史の教科書などにはぜんぜん出ていない。

　ポーツマス公園から歩いて五分ほどの、『アメリカの鱒釣り』の表紙の広場、ワシントン広場では、年老いたイタリア人たちが永遠のパスタやスイート・バジルを夢みながらゆっくりと死んでゆくのなら、ポーツマスでは年老いた中国人たちがまぼろしの広東省を夢みながら、ゆっくりと死んで行くのだ。一帳羅の黒っぽい背広に身をつつみ、暗色の帽子をかぶって。

　ポーツマス広場公園には、いつも数人、白人のアルコール中毒者たちがまぎれこんでいる。かれらは垢《あか》にまみれて、赤ら顔の不精髭《ぶしょうひげ》だが、陽だまりで中国人たちの将棋を何時間でも見物している。おおむね沈黙のアルコール中毒者たち。

さて、きのう香港から着いたばかりの少年のような青年たちは、こうして将棋をさしているが、先の見通しはついているのだろうか。もちろん、そんなものはない。明日からのことがわかっているなら、広場で年寄り相手に将棋をさしてはいないだろう。かれらは失意の年寄り相手に将棋をさすことこそ、天から授かった一世一代の大仕事であるかのような真剣なまなざしで、外野のうるさいちょっかいに動揺するふうもみせず、何時間でもすわりつづける。かれらは何週間かをそうやってすごしたあと、やがて、ストックトン通りに軒並みに並ぶ食料品店の店員になるのだろう。あるいは料理店のウェイターになるのだろう。喧嘩《けんか》がつよければ、ギャング団に入れるかもしれない——。


——おれはね、一九二六年生まれだよ。第二次大戦じゃ、始めっから終りまで兵隊やってね、南太平洋や、そのほかもいろいろ見てきたけどね、結局、ここ、ここしかないんだな。香港とか、ヨーロッパなんて全然行きたくない。だって、ここ、ここには、すごくいろいろあるからねえ。——ほかの公園で働いたこともあったけど、そしたら、この中国人の公園が、もう全然ひどいことになっちゃってさ。だから、戻ってきたの。植木の手入れしてさ。きれいになってるだろ？　便所の掃除もするよ。おれの職名は庭師だけど、ほかの雑役もやるんだよ。

いまじゃ、ビートニクとか長髪とか、いろいろ来るよね。なんとなく問題を起しそうな感じで入ってくるんだ。そういうときには、「どうかい、調子は？」ときいてやる。「ちょっと、腹ペコでさ」なんていうときには、朝めしおごってやるよ。おれは皆と仲良くしてる。アル中も浮浪者も、ヤクの中毒者もいるよ。

月曜日にきてみると、そこらのベンチにでっかい血だまりがあることがあるよ。おれがいるあいだには、そういうことはないんだ。四時に帰ってしまったあとだとか、週末とかに、そういうことになるんだね。ここにいる連中の大半は、サン・ブルノ（州立精神病院）にいたことがあるのさ。出たり、入ったりしてるんだ、ずっと。

市はね、なんにもしてないよ。おれはね、自前で百ドルも出して、芝刈機買ったんだ。市がね、まだ古いので充分である、とかいうからさ。ボロなのにさ。じぶんの芝刈機で、ここの芝を刈るんだよ。

向い側に、ホリデイ・インを建てるんだってことよ。そこに、中国文化センターを設ける計画だって。美術品とか、そういうものを展示するらしい。でもねえ、どうなるんだろうねえ。だって、雨期がきたら、公園の連中は、きっと中に入りたがるからね。奴《やっ》ら、いったいどうするつもりかな。

（ポーツマス広場公園庭師からの聞き書きの一部。ウォーレン・スーエン、四十六歳。ヴィクター・ニー、ブレット・ニー共著『ロングタイム・カリフォーン』プロローグから）

『アメリカの鱒《ます》釣り』の表紙の男

『アメリカの鱒釣り』の表紙の男は、ある日のこと、『アメリカの鱒釣り』の表紙の顔をして、サン・フランシスコは日本町の「スエヒロ」でスキヤキを食べているところを、わたしに目撃された。かれは、じぶんの作品の翻訳について知るのは、じつに怖《おそろ》しいのだといった。

オランダで『アメリカの鱒釣り』の翻訳が出た。そこで、どんなことになっているのかなと好奇心をおこしたばっかりに、訳者のつけた註が、たとえば、「本書の表紙への帰還」に〝熱帯の花〟とあるのは同性愛者のことを意味するのである、となっていることなどを発見して、ぞっとしたり失望したりしたのだという。それ以来、自分の作品の翻訳がどうなっているのか、できるだけ興味を持たないように努めている、という話だった。

「それは、お気の毒ですが」と、わたしはいった。それから、「さて、わたしとしてはいろいろお聞きしたいことがあるのですから」と会見を申し込み、「スエヒロ」ではそのまま別れた。

一週間ほどして、わたしは、ギアリー大通りの大喧噪《だいけんそう》のまっただなかに、洞窟《どうくつ》のようなたたずまいで、通りにじっとしがみついているようなアパートに、ブローティガンをたずねた。

寝室、居間、書斎、客間など、あらゆる機能をにならうらしい小部屋の床には、ペンキの鱒が泳いでいた。灰色に塗られた木の床に、薄青色の鱒が目を細めている。なんとなく笑っているような感じだ。

本棚のうえに、透明で、まったいらに薄くつぶれた鱒がいる。

ビニール鱒。

浮袋に見られるような空気穴が、鱒の腹の下側についていて、そこから息を吹きこむのだ。すると、ゆっくりと、鱒の姿がふくれあがる。鱗《うろこ》や目やえらなどが、黒インクで印刷してある。

「知らない人から送ってきたんだよ。旅行するときは、いつも、こいつを連れて行く。とくに、飛行機で行くときはね。シャツのポケットに入れておいて、スチュワーデスがまわってきて、おのみ物は、とさいたら、マーティニ二杯！　というのさ。スチュワーデスは、かならず、えっ、たしかに二杯といわれましたか？　と聞きかえすからね。そうしたら、おもむろに、このビニールの奴をとり出して、プープーとふくらませるのさ。

そうさ。こいつも、一杯やるからね。

そう答えるんだ」

ブローティガンは、天気の良い冬の日など、ユニオン広場へ出かけて行く。すると、たいてい若い読者が、めざとくかれをみとめて近づいてくる。そして、かれらは、ブローティガンという作家が『アメリカの鱒釣り』という小説で、いったい何を書こうとしたのか、詳しく教えてくれる。「イエスを信じよ」運動の若いメンバーもそうだった。かれは、ブローティガンの姿を見て、ブローティガンだとわかると、「イエスを信じよ」の説教もそっちのけで、『アメリカの鱒釣り』はどういう意図で書かれたものか、ていねいに説明してくれた。

そんなことがおもしろくて、ブローティガンはユニオン広場で、ぶらぶらしてる。

でも、夏がくると、かれはモンタナのランチへ行ってしまう。そして、十一月まではサン・フランシスコには帰ってこない。寒さが我慢できなくなるまでモンタナにいるのだという。ランチでは牧童のように暮すのだろうか。

多くのカリフォルニア住人たちが、他所《よそ》から移り住んできた者たちだという例にもれず、ブローティガンも、太平洋岸北西部と呼ばれるワシントン州からやってきた。

かれの家族の名は、かつてはブラウティガムだったという。ドイツ系の名前だ。第一次大戦のころ、ドイツ系のアメリカ人たちが、いろいろ冷いあしらいをうけたとき、ブラウティガム一家は、ブローティガンと、その姓を変えた。これだと、アイルランド系として通用するという。

「すこし大人になって、理性が芽生えてきたからね。そのとき、ぼくはカリフォルニアに移るときめたのさ」

太平洋岸北西部からやってきたわたし――。あそこでは、自然が人間とミュニエットを踊る。わたしとも、かつて、踊ったのだ。――呪《のろ》われた土地。

わたしはあそこから、わたしの知っていたあらんかぎりのものをたずさえてカリフォルニアにやってきたのだった。今とはまったく違う生活。その長い歳月。もう二度と戻ることのできない、また、戻りたいとも思わない生活。ときには、あれはわたしのではなく、わたしにどことなく似ただれかべつの子供の生活だったのではないかとさえ思われてしまうのだ。

今晩は、どのようなことばでも、また、どのような具体的なことがらとしても説明できないある感情に悩まされている。ことばでよりも、糸くずの次元で描写されるほうがふさわしいような感情だ。

わたしは、わたしの子供時代のさまざまな断片をしらべていた。それらは形もなく意味もない遠い昔の生活の破片なのだ。まるで、糸くずのようなものなのだ。

（『芝生の復讐《ふくしゅう》』）

連続と不連続　そしてはじまりとおわりのこと

ブローティガンの中では、たえず、連続と不連続がせめぎあっているようだ。貧しい幼年時代のじぶんと、サン・フランシスコに住む成人したじぶんとのあいだの不連続性には、同時にある連続の意識が重ねあわされている。これは、ブローティガンという個人の心理分析ということでいうのではない。ブローティガンという作家の小説と詩に、連続と不連続のせめぎあいがたえず顔を見せていて、それがかれを特異な作家にしているという気がするのだ。

たとえば、『アメリカの鱒釣り』には、失意、死、死の影、墓場、終末がふんだんにあるということを捉《とら》えて、『言葉の都市』という評論集を著したトニー・タナーなどは、六〇年代のアメリカの作家に共通のテーマとしてある〈アメリカの夢の終末〉ということを語るなかで、『アメリカの鱒釣り』の世界の重要な部分を、そのテーマの中に解消しようとする。

たしかに、『アメリカの鱒釣り』では、多くの死や、墓場が語られる。終末的なイメージにあふれている。ところが、作品は全体としては終末的な感じを与えない。なぜだろうか。『アメリカの鱒釣り』の、その作者の鱒釣りをとってみると、これはどうも、じぶんがやってくるまえにもうすでにあったもので、現在もまだある、というものだ。ところがいっぽうでは、じぶんがやってきたときには、すでに奪われたもの、失われたものとしてあった、という感じもあるのだ。

かれの人生最初の鱒釣りでは、鱒釣りはたしかにすでに奪われていた。冷い水しぶきを上げる滝と見えたものは、白い階段だった。そして、この小説の終り近く、作者はクリーヴランド建造物取壊し会社をたずねる。この建造物取壊し会社が、第一義的に象徴するのは、物質文化のデカダンス、広大な浪費の原野といったものだろう。そこに作者は鱒のいる小川が切り売りされているのを見つける。これは表面的には、〈夢の墓場〉であるように思える。鱒の釣場を求めて歩く語り手が最後に行きついたのは、自然を切りとり、その破片を都市に持ちこんだあげく、鱒釣りまでをも金銭で売買することができるようになってしまうという ある結末であるように見える。おそらくは、なんらかの価値観を表すものであっただろうか つての鱒釣りは、ここに商品化され、断片化されてしまった。かつての意味は、その息の根をとめられた。そういうメッセージがこちらにとどいてこないということではないのだが、かといって、ここにあるのは、文明批判的な悲痛な調子なのだろうか。わたしは、いちどだけ、そう信じてみようとしたのだが、結局うまく行かなかった。どうしても語り手の笑い声が聞こえてきてしまう。コロラドの山の奥深くから運ばれて、切り売りされる鱒のクリークの水底にザリガニの姿が見えてしまう男は絶望しない。笑っている。

終末を、そうでないものにしてつき返してくるこの語り手のことばは、どういう質を持つのだろうか。

ブローティガンは『芝生の復讐』のある章で、『アメリカの鱒釣り』は鱒釣りについて徹底的に語る小説であると同時に、鱒釣りをとり囲む環境を映しだす万華鏡《まんげきょう》なのだといっている。また、『アメリカの鱒釣り』に入るはずで、原稿が失われてしまったために収録されなかった二つの物語を、アメリカを透察する文章と呼んでいる。

わたしはここで、デイヴィッド・グッドマンがサン・フランシスコのシティ・ライツ・ブックス書店について述べたことを思い出す。

シティ・ライツ・ブックスとは、五〇年代の、ファリンゲッティとかギンズバーグなどのビートニックの詩人たちの本を出した出版社兼本屋であり、今でも、アンダーグラウンドの出版活動の一種の象徴として、広く尊重されている。

しかし、一歩足を踏み入れた途端、いやになる、すぐ逃げたくなる。この本屋はアイデアを乱射する放射装置なのだ。近づくと放射能症にかかる。汗をかいて、目がチカチカして、ふらふらになる。

シティ・ライツ・ブックスの他の棚には、単行本と定期刊行物がずらりと並べてある。これらの本の内容は様々だが、共通点は、その方法論である。それは分析による、対象への接近なのである。分析法によると、ある現象をその構成要素に分けることに成功すれば、その現象を「理解」したことになる。(中略) いってしまえば、これは線的時間が独裁的に支配する算数的方法であって、こういう本を扱う本屋は、自分の意向がどうであろうと、アイデアを乱射する放射装置になってしまう。(中略) シティ・ライツ・ブックスは遠心分離機として機能し、ほとんど求心力を発揮しない。

(『宝島』四九年八月号「街の灯」)


「アメリカの夢の終末」を語る目的ででもなく、破壊された自然に捧《ささ》げるエレジーとしてでもなく、文学の意匠や生活様式の変革を万能薬として説く断片化された想像力の結果としてでもなく、きわめてトータルな、それゆえに勇気ある企てとして、この『アメリカの鱒釣り』は生まれてきたのではなかったか。

この小説の表紙が、作者とベンジャミン・フランクリンの、ワシントン広場における写真であることを考えてみたい。

ベンジャミン・フランクリン——アメリカのはじまり。アメリカの夢のはじまり。そして、銅像として半永久的に固定されたその男のまえに立つのは、アメリカの鱒釣りから帰ってきた男である。けれども、物語『アメリカの鱒釣り』は、これから始まるのである。ということは、表紙の男は、これからでかける、というふうにもいえる。

ブローティガンのことばは完了しない。いつもそれはつぎのはじまりを予期させる。そして、同時に、はじまりは、いつもおわりをのみこんでいる。そして、そこで、わたしたちは、たしかにひとつの現実にふれた、と感じるのだ。

ブローティガンのことばは幻想的だ。幻想は、人工的に現実を完結させない、と思う。むしろそれは、現実を逆探知する回路なのだ。そして探知された現実は、わたしたちの思想を完結させるものとしてあるよりは、完結しがちなわたしたちの洞察を揺さぶるものとしてある。人工的に現実に終止符を打てると予定する想像力を敵にまわして、ブローティガンはアメリカを描いてみようとしたのだろう。かれの心を惹《ひ》きつけたのは、アイデアではなく現実だった。現実に近づけば近づくほど、かれの語り口は幻想的になるようだ。

ピッツバーグからやってくる鋼鉄の鱒のこと。そして、死んだ魚の目が、鉄のように硬直していること。ソルト・クリークのコヨーテは、サン・クェンティンのガス室を思い出させるばかりだし、せむし鱒は釣糸を通って、救急車のサイレンとなり、赤いライトを明滅させながら、こちらに驀進《ばくしん》してくる。しかも、そのせむし鱒は、一万二千八百四十五基のヴィクトリア朝風の電話ボックスのクリークにいたのだ。アメリカの鱒釣りの世界は、幻想の万華鏡を通過して、はじめて奪還される。アメリカのリアリティが奪還される。掘りおこされる。おわりとはじまりを同時にはらむ、未完の現実として。

そこでようやく、わたしたちにも死んだ魚の目が見えてくる。せむし鱒のエネルギーが見える。建造物取壊し会社で売り出し中のクリークの水底をはうザリガニのなにやら忙しそうな様子が見える。

ブローティガンの幻想は、都市化社会・工業化社会からの、とりあえずの逃走者としての〈自然主義者〉のそれではない。まぎれもなく鋼鉄とガソリンの二十世紀に、その刻印をひきうけたところで、鱒釣りの物語を語るのだ。

自然の詩《うた》

月は
ハムレット
オートバイに跨《また》がって

やってくる。
暗い道を――
やつは　黒い皮の
ジャケットを着て
ブーツをはいている。
ぼくは
行くところもない。
ひと晩中
こうして
乗りまわしていよう。

（『ピル対スプリングヒル鉱山の惨事』）

キャンプ熱（自然熱）がコールマン灯の不浄の白色光そのものである世紀。ミズーリ河だって、もうディアナ・ダービンの映画に見えてしまうかもしれない。鱒を求めて旅する男が最後に行きついたのは、クリーヴランド建造物取壊し会社で、鱒のクリークは、真珠色に輝く陶器の便器売場をぬけて行って、やっとあった。

黒いライ麦パンにはさんで、オートバイひとときれ、くださいな。

飲みものはいかがですか。ガソリンでも?
いえ、いえ。けっこうです。

（『ビッグ・サーの南軍将軍』）

ロメオとジュリエット

ぼくのために死んでくれるのなら
ぼくもおまえのために死ぬよ

そして　ぼくらの墓場は
セルフ・サーヴィスの洗濯場で
衣服をいっしょに洗う
ふたりの恋人たちの姿になるさ。
きみは洗剤をもっておいで
ぼくは漂白剤をもってゆくよ。

（『ロンメル将軍はエジプトへ』）

アメリカの、いわば〈集団的想像力〉の連続と不連続という視点から、『アメリカの鱒釣り』を考えてみることはできるだろうか？

失われたものであって、同時に失われていないもの――それは、たとえば、つぎのようなイメージで顔をみせる。

ビッグ・サーまでヒッチハイクしてたら、モウビ・ディクが車をとめて、ぼくをひろってくれた。かれはサン・ルイ・オビスポまでトラックを運転していたんだが、トラックにはかもめを満載していた。

「鯨でいるより、トラック運転手のほうがいいかい？」と、ぼくはきいた。

「ああ」と、モウビ・ディクはいった。「ホッファーのほうがさ、おれたちにやさしいからな。エイハブ船長よりさ。あん畜生ときたら」

（『ピル対スプリングヒル鉱山の惨事』）

たしかに時は流れた。そして、勇壮な「不朽の海洋文学」は、幻想的なクリーク文学へと変ったのだ。

『白鯨』の時代、たたかいは可能だった。エイハブ船長がモウビ・ディクの呪縛《じゅばく》から自由になろうとするたたかいが。それは勝利にはおわらなかったが、たたかいという思想は可能だった。男たちの男らしい冒険とか精神力とか、未知の地への憧《あこが》れ、危険を冒すこと、恐怖とのまじわり、はるかなるものへの渴望《かつぼう》、ヒューマニズムのインターナショナリズム。そういうことが思想としてありえた。
けれどいま、男たちは男であることが難しくなった。未知の地はすでに冒されつくして、はるかなるものはねじふせられた。

激しい幻想のうちに、無限の鯨の行列がふたつずつ——

（『白鯨』阿部知二訳）

メルヴィルは、そう書いたのだった。けれども、いま、「激しい幻想」のうちに浮かぶのは、電話ボックスにかくれている鱒《ます》たちの姿である。
題名から考えても、これはヘミングウェイの「ヨーロッパの鱒釣り」というのを下敷きにしていると思えないか、と教えてくれた人がいた。
「ヨーロッパの鱒釣り」というのは、ヘミングウェイが『トロント・スター・ウィークリー』の記者をしていた頃のもので、一九二三年十一月十七日の日付けがある（ヘミングウェイ全集、第二巻、三笠《みかさ》書房）。四篇のごく短い文章からなる記事で、ドイツやスイスやイタリアで鱒を釣るとどうなるか、どのような人々に出会うのかというようなことが書いてある。ドイツでは許可をもらうのが面倒だから、とにかくいい川を見つけたら釣ってしまう。見つけて文句いうやつがいたら、マルク貨をつかませる。あるいは、ドル紙幣にものをいわせる。

そんなことも書いてある。

どうも、これは『アメリカの鱒釣り』の下敷きにはなれない。そう思いながら、とにかくこのヘミングウェイ全集第二巻『狩と旅と友人たち』に収められた魚釣り関係の文章を全部読んでみた。「最高のにじ鱒釣り」、「スペインの鮪《まぐろ》釣り」、「ローヌ運河で魚釣り」、「モロ沖のマーリン」など、いろいろある。

「青い海で」には、次のようなくだりがある。


そうだ、これは象狩りではない。しかし、私たちは釣りでスリルを満喫するのだ。(中略)しかし、突然に未知のあらあらしい巨大な魚があらわれる海に出ること、諸君の力が彼の力とあいわたるあいだ、彼の生と死、一時間も彼が諸君のために生きていると いうことは大きなよろこびだし、その魚がすむ海を支配しているこういう生きものを征服することには満足がある。(中田耕治訳)

これは、相もかわらず、スリルと支配と征服の満足という男らしさのくに。ブローティガンは、おそらく、そういう男ヘミングウェイからはずいぶん遠い。いま、男らしいとはどういうことか。アメリカの男たちにとって、どういうことなのだろうか。ケッチャムで、じぶんの頭を猟銃で撃ちぬいて滅びた男の結末は、男らしさのくにのひとつの結末ではなかったか。ブローティガンは、「〈アメリカの鱒釣り〉と最後に会ったときのこと」で、こう書いた。

最後にかれと会ったのは、七月のことで、ケッチャムから十マイルのビッグ・ウッド・リヴァーでだった。そこでヘミングウェイが自殺した直後のことだったが、わたしはまだかれの死について知らなかった。サン・フランシスコに帰って、『ライフ』を読むまで知らなかった。事件から、もう何週間も過ぎていた。表紙がヘミングウェイの写真だった。

「ヘミングウェイがどうしたってのかな」とわたしは独り言をいった。雑誌を広げてページを繰ってゆくと、死んだと書いてあった。〈アメリカの鱒釣り〉はその話をしなかった。知っていたに違いない。きっと、うっかり忘れたのだ。

ブローティガンの関心は、ヘミングウェイよりも、ずっと原型的なものにむけられている。それは、『白鯨』だったかもしれない。そして、メルヴィルのシンボルは、いまや、カリフォルニアの白いハイウェイを疾走するトラックの運転手の姿をしている。『白鯨』と『アメリカの鱒釣り』は連続し、そして断ち切れている。

トニー・タナーの指摘で気づいたことであるが、『白鯨』の七章に、ニュー・ベッドフォードの「捕鯨者教会堂」のことがでてくる。大海原で命を落した勇壮な男たちの墓だ。碑は大理石である。そのうちのひとつ——

ジョオ・トルボットの聖なる思い出のために
　一八三六年霜月朔日
パタゴニア沖　荒《デソレーション》島《アイランド》の近くにて海中に溺没す。享年十八歳
この碑はその追憶のために
　姉これを建つ

メルヴィルの水夫たちは、荒《デソレーション》島《アイランド》なんていう劇的なかっこういい名前をもつ島の近くで、男らしく死ぬことができた。

ところが、ブローティガンの男たちは、もうそんなに恵まれてはいない。「墓場の鱒《ます》釣り」を思いだしてほしい。

ジョン・タルボット
の
思い出のために――
一九三六年　霜月朔日《ついたち》
一パイ呑《の》み屋で
尻《しり》撃ち落された
享年十八歳

枯れ萎《な》えた花を挿した
このマヨネーズの空瓶は
今は
瘋癲《ふうてん》病院に暮らす
妹が
六か月前に供えたものだ。

そして、鯨を追うあの青ざめたエイハブは、いまやアル中の不具者〈アメリカの鱒釣りちんちくりん〉になりさがった。それだけではない。エイハブの脚はモウビ・ディクが嚙《か》み切ったが、〈ちんちくりん〉の脚は、鱒がもって行ったのだ。

もうひとつ。『白鯨』のことでいえば、言語ということがある。

メルヴィルは『白鯨』の冒頭に、「語源部」をつけた。ブローティガンは『アメリカの鱒釣り』のおわり近くに、言語起源説を引用した。メルヴィルは、鯨がイメージとして、聖書の「創世記」このかた、どれほど重要なものとして現われているかを、文献の項で示している。鯨を主題とするじぶんの物語の歴史的連続性を立証するかのように。メルヴィルは、鯨ということばにはりついた意味を、いわば、歴史的にうけついでゆくのだ。

ところでいっぽう、ブローティガンは、言語起源説をいくつか引用したあとで、かねがねマヨネーズということばで終る小説を書きたいと思っていたという。そして、最終章。小説はマヨネーズということばで終る。マヨネーズということばは、おくやみの葉書きの追伸のなかに現われる。あるひとりの男の死と、日常性そのものである半流動体、マヨネーズが同居する。

『アメリカの鱒釣り』は、かくて、マヨネーズということばで閉じられる小説である。マヨネーズということばには、鯨ということばがもつ伝統も格式もない。作者はそういう小説を書きたかった。そして、書いてしまった。そしてわたしたちには、作者の笑う声がきこえてくるのだ。

＊

『アメリカの鱒釣り』がじっさいに執筆されたのは、一九六一、二年ごろだが、一冊の本となる以前には、「エヴァグリーン・レヴュー」や「シティ・ライツ・ジャーナル」などの雑誌に、いくつかの章がばらばらに掲載されたらしい。一冊の本としてまとめられたのは、「フォー・シーズンズ・ファウンデーション」によるもので、一九六七年のことだ。

「カリフォルニアの未開地で」の章について話しあっていたら、かれは、「その山のすぐ下にあるミル・ヴァレーの町ではね、当時、ちょうど映画『アメリカン・グラフィティ』の世界が展開されていたわけ。ぼくらは、ヒッピーみたいな暮しをしていたわけだけど」と話していた。新ライフ・スタイル万能時代のずっとまえのことである。

わたしは、『アメリカの鱒釣り』を十八回読んだというサン・ノゼ大学の学生（この人は大工でもある）に会った。また、『アメリカの鱒釣り』という小説は、意味やメッセージが全然わからないから、とても読み通せないとかなり怒っていた中年の婦人にも会った。『ビッグ・サーの南軍将軍』などは、かつて、ワイセツと非難されたが、いまや高等学校の副読本になっているということなどもあって、ブローティガンはもう第一線作家ということになるのだろう。

わたしが『アメリカの鱒釣り』をはじめて読んだとき、これは東部文学とはちがうという直感があった。ブローティガンはビートニクの作家たちの若い部分と同時代人であったはずだが、そして、ビートニクたちと、同じ時期にサン・フランシスコに住んでいたはずだが、どうも、一味ではないなと思った。

ケルアックにしても、ギンズバーグにしても、東からサン・フランシスコのノース・ビーチへ移って来たのだった。一九五八年ごろ、ノーマン・ポドレッツは、ビートニク文学を「反知性主義の文学、野蛮の世代、魂の不具者」などとののしったらしい。このポドレッツの威丈高な罵倒《ばとう》はともかくとしても、ブローティガンは東部の教養（そして反動としての反知性主義）ソフィスティケーション（そして反動としての野蛮）からは、おそらく離れた場所にいたのだろう。

「ビートニクの時代には、どうしていましたか？」

「ぼくはね、ビートニクたちが来る以前からノース・ビーチに住んでいた。連中が来たんで、ぼくは引越した。あれを文学運動と呼ぶのなら、ぼくはその運動には参加しなかった。連中のことは、人間として、好きになれなかった」

俳句救急車

ピーマンや
ころがりおちたる
サラダ・ボール
だから　なんだっていうんさ？

（『ピル対スプリングヒル鉱山の惨事』）

これは、ゲイリー・スナイダーに、と献辞のついた詩である。

『アメリカの鱒釣り』が執筆されて、もう十三年ほどになる。わたしはブローティガンの作品は小説も詩もだいたいみんな好きだが、かれの作品をいくつか読むのなら、『アメリカの鱒釣り』から始めるのがいいと思う。また、もし、ブローティガンの作品はひとつだけしか読まないというのなら、『アメリカの鱒釣り』がいいと思う。『鱒釣り』には、ブローティガンのいいところが、まとめてつまっているように感じられるからだ。

晶文社の津野海太郎さん、秋吉信夫さん、いろいろお世話になりました。

一九七四年十月

文庫版へのあとがき

『アメリカの鱒《ます》釣り』の翻訳をしてから、三十年あまりのときが過ぎてしまった。このたび文庫版のための校正刷りを見ていて、まちがいも見つけたし、「ああ、これは小説をはじめて翻訳した者の仕事だ」という感想ももった。でも、よほどのことがないかぎり直さないことにした。なぜなら、この翻訳は成人して家を離れていった子どものように、すでに遠くへ行ってしまっている。わたしのものでさえないのかもしれない。

三十年のあいだにはいろいろあった。まずブローティガンが一九八四年に拳銃《けんじゅう》を使って自死した。わたしは二〇〇二年に『リチャード・ブローティガン』（新潮社）と題した評伝という範疇《はんちゅう》にはどうもおさまりきらないような本を書いた。そのとき、私立探偵になったような気持ちで、ブローティガンの遺児アイアンシの居所をつきとめて、カリフォルニアまで会いにいった。とても好感のもてる女性だった（『アメリカの鱒釣り』では、「あかんぼ」として登場している）。彼女の娘のエリザベスは十四歳になっていて、わたしから見ると、からだつきがブローティガンにとてもよく似ていた。

ここ二十年あまり、『東京モンタナ急行』（晶文社、一九八二）がブローティガンの作品としてはわたしの最後の翻訳になった、と思っていた。ところがアイアンシと彼女の母（『鱒釣り』では「わたしと旅する女」と呼ばれていたかれの最初の妻）がブローティガンの遺品を整理していて、すでに完成していた未発表の小説を発見した。ふたりの女性はそれを読み、「これは立派な作品だわね」と語りあい、やがて *An Unfortunate Woman: A Journey* と題されたその作品が、二〇〇〇年になって、セント・マーティン・プレスから刊行された。もっともフランスでは、その六年前の一九九四年に、すでに *Cahier d'un retour de troie* というタイトルで出版されていたのだったが。日本語版は新潮社から、藤本訳でこの九月に出版されることになっている。

ある日、明治通りと表参道の交差点でブローティガンに会った。ばったりあったのか、約束して会ったのか、記憶はたしかでない。いずれにせよ、それは *So The Wind Won't Blow It All Away*（邦題『ハンバーガー殺人事件』）がアメリカで出版されて間もないころだった。かれはとても興奮した口調で、「フランスのある評論家がわたしの作品について本を書いたのだが、これは初めてわたしの文学を正確に把握してくれた評論だ」と開口いちばんにそういった。それはきっとフランスの構造主義の評論家マルク・シェヌティエの『リチャード・ブローティガン』（一九八三）のことをいっていたのだと思うが、かれの喜びようは大変なものだった。

それと *An Unfortunate Woman* との関係はなにかというと、初めて正確に理解してもらえたことに励まされて、かれはかれの文学の特質を意識的に煮詰めて、この本を書いたのに違いない、ということなのだ。たとえば、かれの言語構造の意図的な平易さ、ポストモダン以前の、文学はどうあらねばならないかという権威的といってもいいような基準に対する抵抗あるいは批判が作品の底流になっていること（それがやがては、かれを「二流作家」と呼ばれる場所へ追いこんだのだが）、現実を全体的総括的に描くことはできない、書かれたことばは現実のかけらにすぎないという確信などが、とてもはっきりしていること。シェヌティエは「ブローティガンの美学は不連続性のそれである」と書いている。

わたしにはおそらく「美学」ということばは使えないだろう。しかしアメリカの読者や文芸評論家が、とくに七〇年代に、ブローティガンをビートニク文学の代表的な作家だといって、ほんの短期間もてはやしたあと、いつのまにか塵芥《ごみ》収集のある月曜日に、まるで古い帽子を生ごみといっしょに棄《す》てるような態度で「処分」してしまった事実と、ビートニクたちが踏みこまなかった、ずっと先にある場所へ、ブローティガンはひとりで歩き続けたことを考えてみたい。かれがポストモダンの作家だと自らを定義していた、というふうには思わないが、不条理の、幻想の、漫画みたいな、ライト級の作家だと考える時期もそろそろ終わらせたほうがいい。『アメリカの鱒釣り』がとうとう文庫版になって、ブローティガンを読むこともあたらしい段階に入ったような気がする。

『アメリカの鱒釣り』をこのような形にするために、うっかり者のわたしの失態にもたえて、さまざまな面で助けてくださった新潮社の編集者須貝利恵子さんにお礼をいいたいです。それから、わたしが「身にあまるんじゃないか」と恐縮している「解説」の執筆をこころよく引きうけてくださった柴田元幸さんにも、お礼をいいます。ありがとう。

二〇〇五年六月二十一日

『アメリカの鱒釣り』革命

柴田元幸

いまから三十年前の一九七五年、リチャード・ブローティガン著、藤本和子訳の『アメリカの鱒《ます》釣り』を初めて読んだときに感じた解放感を、自分がどんな言葉にしたのか、いまではもう思い出せない。たぶん、本を読んだ興奮を友だちと語りあうような習慣もなかったから、ただ単に胸のうちで「カッコいいなー」と呟《つぶや》いただけだったのだろう。でもその「カッコいいなー」は、本当に心の底から湧《わ》いてきた言葉だったと断言できる。

「わたし」が鱒釣りにクリークへ行ったら、滝が「木立の中の家に通じる白い階段」になっていて、クリークを「手で叩《たた》いてみたら、木の音がした」。そうしたら〈アメリカの鱒釣り〉から返事が来て、「いくらわたしだって、あの場合はどうにもならなかったよ。階段をクリークに変えることなんかできやしない……」。さらに読み進むと、〈アメリカの鱒釣り〉はマリア・カラスと「月がでましたよ」「そうね」と会話を交わし、ロス・アンジェルスでは踊り子たちが〈アメリカの鱒釣り〉のためのバレエを踊っている……等々、何ともシュールでユーモラスな話が変幻自在に展開する。これは新鮮だった。

一九七五年当時は、現代アメリカ文学の翻訳といえば、ノーマン・メイラーやソール・ベローといった作家たちの重厚な作品が中心で、しかも我々日本の読者には――いや、そうやって一般化するのはよそう、僕には――まだまだアメリカを「仰ぎ見る」視線が残っていたから、アメリカ小説からいわゆる「人生の意味」なり「作者の教え」なりを読み取らねばという強迫観念があった。本国アメリカではすでにポストモダン小説が主流になっていて、人生の意味を問うだけが小説ではないという思いはある程度広がっていただろうが、何しろポストモダン小説は難物揃《ぞろ》いであり、翻訳はまだほとんど出ていなかった。七五年の時点では、トマス・ピンチョンも一、二の短篇以外未訳だったし、ある意味でブローティガンの東海岸版ともいえる――という言い方はほとんど言葉の矛盾みたいなのだが――ドナルド・バーセルミを名文芸誌『海』が特集するのは七八年一月、ジョン・バースもこの段階では七二年に一冊（『旅路の果て』）邦訳が出たきりだった。ブローティガンと同じようにアメリカ文学に良質のポップ感覚を持ち込んだカート・ヴォネガットはピンチョンらのように難解ではなく、七五年までにはすでに四冊の翻訳が出ていたものの、当時はまだ（確かなことはわからないが）風変わりなSF作家といった限られた認識が一般的だったと思う。僕自身がヴォネガットを知ったのは、卒論に取り上げる作家を探していた七九年夏のことである（まあこれは同世代では遅い方だとは思うが）。

そんなわけで、『アメリカの鱒釣り』邦訳が書店に並んだとき、ほかの人たちはともかく、僕は、小説から「人生の意味」「作者の教え」を読み取らねばならないという思いにいまだ囚《とら》われていた。そういうなかで、こんなふうに、作品を意味に還元するよりも、まずは一行一行の奇想ぶり、変化に富んだ語り口の面白さ、その背後に見える憂鬱《ゆううつ》などに耽溺《たんでき》するよう誘ってくれているように思える小説に出会って、ものすごい解放感を感じたのだった。

自分のことから離れて少しだけ風呂敷《ふろしき》を広げると、六〇年代は政治の季節であり主張の時代であったのに対し、七〇年代は、シラケの時代ともいわれると同時に、すべてのことに意味を見出《みいだ》さなくてもいいのかな、ということが少しずつ見えてきた時代という気もする。あまり過剰に（それこそ）意味を見出そうとは思わないが、『アメリカの鱒釣り』邦訳刊行が一九七五年一月二十日、柄谷《からたに》行人『意味という病』刊行がそれから一か月も経《た》たない同年二月十五日というのは、何やら偶然以上のものを感じてしまう（トーキング・ヘッズのデイヴィッド・バーンが「ストップ・メイキング・センス＝いちいち意味づけるのはやめようぜ」と呼びかけるのはもうしばらくあとの一九八四年）。六〇年代のカウンターカルチャーと結びつけて考えられることの多いブローティガンだが、その意味で日本では、七〇年代の空気を結果的にリードするような役割を果たしたとも言える気がする。

＊

いうまでもなく、このように、「意味づけなくていいんだ」というメッセージを『アメリカの鱒釣り』から感じとれたのは、何といっても、藤本和子の訳文によるところが大きい。

ある午後のこと、わたしの友人が包みをひろげて中を見ると、菠薐草《ほうれんそう》の葉がたった一枚。それだけだった。

ベンジャミン・フランクリンの自伝を読んで、アメリカについて学んだのはカフカだったかな……

「アメリカ人は健康で楽観的だ。だからわたしはかれらが好きだ」といったカフカ。

――といった何でもないような一節でも、「……たった一枚」という体言止め、「だったかな」という語尾、ひらがなと漢字の独特の使い分け、等々、訳文の細かいところ一つひとつがとても新鮮で、それまでの翻訳の文章全般に何となく感じていた不満が一気に解消されたような爽快感《そうかいかん》を味わった。「アメリカの鱒釣りちんちくりん」なんて、言葉の選び方も傍点の打ち方も最高である（原文は Trout Fishing in America Shorty. それまでの翻訳者だったらたぶん「ちびのアメリカの鱒釣り」としただろう）。注釈もえらくカッコよく、それまでだったらたとえば「リリー・ヒッチコック・コイト」には（一八四三―一九二九　サンフランシスコに長年住み消防士と親しく交わった）といった割注がつけば上出来だっただろうが、それを藤本和子は、巻末注にこう記す――

コイトなる女性は裕福で身分賤《いや》しからぬ家庭に育ったが、なぜか、火事の警報が鳴り響くのを聞くと、矢も楯《たて》もたまらず、火事現場へ駆けつける癖があった。かの女はいつも、消防夫たちとウィスキーを飲んだ。いつしか、かの女はサン・フランシスコ有志消防部の名誉会員となった。

注までが、どことなくブローティガン色に染まった、だが自分の声をしっかりと持っている文章になっている。そして訳者あとがき！　本国での評価や書評を並べて、申し訳程度に自分の（たいていは妙に人生論めいた）意見を言い添えるあとがきが多いなかで、藤本和子はサンフランシスコに暮らしながらこの小説を訳した体験を語ることからはじめる。それが、一見訳者の越権行為のように見えて、そこからやがてブローティガン文学の核心へと切り込んでゆく。たとえば、次の一節。

ブローティガンのことばは幻想的だ。幻想は、人工的に現実を完結させない、と思う。むしろそれは、現実を逆探知する回路なのだ。そして探知された現実は、わたしたちの思想を完結させるものとしてあるよりは、完結しがちなわたしたちの洞察を揺さぶるものとしてある。人工的に現実に終止符を打てると予定する想像力を敵にまわして、ブローティガンはアメリカを描いてみようとしたのだろう。かれの心を惹《ひ》きつけたのは、アイデアではなく現実だった。現実に近づけば近づくほど、かれの語り口は幻想的になるようだ。

ブローティガン的幻想のみならず、すべての幻想の効用と必然性があざやかに説かれている。見事というほかない。

また、アメリカ文学史のなかでのブローティガンの位置、なんてことも当時の僕には知りようもなかったが、藤本さんのあとがきを読んで、遠くメルヴィルの『白鯨』などともつながっていることがよくわかったし、ヘミングウェイ的な「相もかわらず、スリルと支配と征服の満足という男らしさのくに」に対するやわらかなアンチテーゼだということも納得できた。それに、ヘミングウェイをずばっと切ってみせる思い切りのよさにもほれぼれした。いまでこそ誰もがヘミングウェイのマッチョ志向を笑い、むしろマッチョの陰に隠れていた女性性だの何だのを言い立てるけれども、いまそういう画一的なことを言う人が、当時同じことを言いえたかは疑問である。

このように、『アメリカの鱒釣り』邦訳刊行は、僕個人にとって、何とも解放的にあたらしい作品が理想的な翻訳で登場したという、大きな事件、ほとんど革命だったのである。そして、翻訳史ということで考えるなら、僕一人の問題ではなく、翻訳史上の革命的事件だったと言ってよいと思う。この後に登場するアメリカ文学の名翻訳者村上春樹の翻訳にしても――そして個々の言葉や比喩《ひゆ》の使い方といった次元で考えれば、作家村上春樹の作品でさえ――『アメリカの鱒釣り』をはじめとする藤本和子の訳業抜きでは考えられない。

＊

いま『アメリカの鱒釣り』を読み直して、かつて以上に感じられるのは、アル中や失業者といった敗残者たちに対するブローティガンの優しい視線である。貧しい脱腸の少年が薄い粉末ジュースから「黙示の世界」を作り出すさまを描いた「クールエイド中毒者《ワイノ》」などは、以前は愉快なホラ話のように思った気がするが、いま読むと、貧しさのなかに浮かび上がる救済の感覚が素晴らしい。そう考えると、ブローティガンは案外、ブローティガンと入れ替わるようにして出てきたレイモンド・カーヴァーにも近いように思える。二人とも太平洋岸北部出身で、二人とも豊かとは言えない家庭に育ち、みじめな人生をたっぷり目にしながら大人になった。ブローティガンは一九三五年生まれ、カーヴァーは三九年生まれだから、実は歳《とし》もそんなに違わない。そうした生い立ちがどちらの作品にも反映しているわけだが、ブローティガンは幻想的な、カーヴァーはひとまず写実的な作風なので、何だかまるでブローティガンが、カーヴァーが登場する前から（遅咲き作家カーヴァーの第一短篇集刊行は一九七六年）カーヴァーへの敬意にみちたパロディを書いていたような趣がある。いずれにせよ、ブローティガンの生い立ち、貧しい人たちに向けた彼の視線などについては、藤本さん自身の素晴らしい著書『リチャード・ブローティガン』（新潮社）で詳しく論じられているので、ぜひそちらも一読されることをお勧めする。

僕にとって『アメリカの鱒釣り』は長年、「文庫化されるべき外国文学」のベスト3に入っていたが（残り二冊は、二〇〇三年にめでたく文庫化なったカルヴィーノ『見えない都市』と、ガルシア＝マルケス『百年の孤独』）、それがついに新潮文庫入りしたことを心から嬉《うれ》しく思う。そして、その文庫版解説を書くという大役を与えてくださった藤本さんと新潮社出版部の須貝利恵子さんにあつくお礼を申し上げる。三十年前にこの本を読んだときに感じた、あの救われた思いに対して、まさかこんなふうに恩返しができることになるとは夢にも思っていなかった。自分の幸運をつくづくありがたく思うとともに、「恩を駄文で返す」ことになっていないことを祈るばかりである。

（二〇〇五年六月、アメリカ文学）

この作品は一九七五年一月晶文社より刊行された。

R・ブローティガン
藤本和子訳
芝生の復讐

雨に濡れそぼつ子ども時代の記憶とカリフォルニアの陽光。その対比から生まれたメランコリックな世界。名翻訳家最愛の短篇集。

J・ラヒリ
小川高義訳
停電の夜に

ピューリッツァー賞
O・ヘンリー賞受賞

ピューリッツァー賞など著名な文学賞を総なめにした、インド系作家の鮮烈なデビュー短編集。みずみずしい感性と端麗な文章が光る。

R・ブラウン
柴田元幸訳
体の贈り物

食べること、歩くこと、泣けることはかくも切なく愛しい。重い病に侵され、失われゆくものと残されるもの。共感と感動の連作小説。

B・ユアグロー
柴田元幸訳
一人の男が飛行機から飛び降りる

あなたが昨夜見た夢が、どこかに書かれている！　牛の体内にもぐり込んだ男から、魚を先祖にもつ女の物語まで、一四九本の超短編。

P・オースター
柴田元幸訳
偶然の音楽

〈望みのないものにしか興味の持てない〉ナッシュと、博打の天才が辿る数奇な運命。現代米文学の旗手が送る理不尽な衝撃と虚脱感。

P・オースター
柴田元幸訳
孤独の発明

父が遺した夥しい写真に導かれ、私は曖昧な記憶を探り始めた。見えない父の実像を求めて……。父子関係をめぐる著者の原点的作品。

アメリカの鱒《ます》釣《づ》り

新潮文庫　フ－20－2

Published 2005 in Japan
by Shinchosha Company

平成十七年八月一日発行
令和五年十月十五日九刷

訳者　藤《ふじ》本《もと》和《かず》子《こ》

発行者　佐藤隆信

発行所　株式会社　新潮社

郵便番号　一六二―八七一一
東京都新宿区矢来町七一
電話　編集部(〇三)三二六六―五四四〇
　　　読者係(〇三)三二六六―五一一一
https://www.shinchosha.co.jp

価格はカバーに表示してあります。

乱丁・落丁本は、ご面倒ですが小社読者係宛ご送付ください。送料小社負担にてお取替えいたします。

印刷・図書印刷株式会社　製本・株式会社大進堂

ISBN978-4-10-214702-3 C0197